Sur l'auteur

Les frères Grossmith, George (1847-1912) et Weedon (1854-1919), se sont fait un nom dans la comédie et le théâtre. George fut un compositeur de chansons de music-hall prolixe et l'un des piliers des opéras de Gilbert et Sullivan. Weedon dessina les illustrations du *Journal* et fut acteur de music-hall et auteur de vaudevilles.

GEORGE & WEEDON GROSSMITH

JOURNAL D'UN HOMME SANS IMPORTANCE

Traduit de l'anglais et préfacé
par Gérard Joulié

10/18

LES ÉDITIONS NOIR SUR BLANC

Titre original :
The Diary of a Nobody, 1892

ISBN : 978-2-264-07723-3
Dépôt légal : février 2021

PRÉFACE

Le *Journal d'un homme sans importance* (*The Diary of a Nobody*), qui fut publié pour la première fois en feuilleton dans *Punch* en 1892, est une chronique familiale de la vie banlieusarde anglaise à la fin de l'ère victorienne. Le personnage principal en est Mr Charles Pooter. C'est un employé modèle d'une firme de la City, avec ses gaucheries, ses susceptibilités, ses admirations naïves, ses indignations, ses scrupules, ses gaffes, sa modestie, son désir de bien faire, son respect des hiérarchies et son sens de la dignité. Il surveille sa vie avec autant d'attention que ses plaisanteries quand il lui arrive d'en faire. Et quoiqu'il nous soit décrit dans des situations souvent absurdes et parfois même ridicules, il s'efforce néanmoins, de façon maladroite mais combien touchante, d'agir en toutes circonstances selon ses lumières et avec une scrupuleuse honnêteté.

La vie d'un tel homme n'offre aucun épisode romanesque. Elle est toute plate. Le personnage de Mr Pooter, avec sa chère femme Carrie, son fils, l'inénarrable Lupin, leur bonne Sarah et leurs deux amis, Gowing (un peu mufle sur les bords) et Cummings (le « vélocipédiste » grincheux), est aussi peu pittoresque que possible. Elle se confond entièrement avec son journal. Et quand Mr Pooter sort de chez lui, il regarde le Londres de la fin du XIXe siècle, ses comédies, ses spectacles, ses inventions, comme une sorte de « supernature » un peu effrayante, peuplée de grands animaux auxquels il faut surtout éviter de montrer qu'on a peur.

Le *Journal d'un homme sans importance* nous touche par d'humbles choses, si familières et si simples qu'elles ont rarement trouvé place dans la littérature, du moins avec ce discret rayonnement, avec la même gentillesse minutieuse, avec le même réalisme attendri.

Les auteurs, George et Weedon Grossmith, sont deux frères qui se sont fait un nom dans la comédie et le théâtre. George fut un compositeur de chansons de music-hall prolixe et l'un des piliers des opéras de Gilbert et Sullivan. Weedon dessina les illustrations du *Journal* et fut un acteur de music-hall lui-même et auteur de vaudevilles.

À l'instar des personnages de Dickens ou de Robert Walser, Charles Pooter appartient à la classe des gens d'en bas, ceux dont la vocation est de regarder avec admiration, mais sans envie, le monde d'en haut. Car le sel de la terre, contrairement à l'opinion romantique, n'est pas le héros, le roi, le prophète, le guerrier, le conquérant, le révolutionnaire, le visionnaire, bref, le grand homme porteur de foudres et de tempêtes ; c'est le petit, le tout petit bourgeois qui, rentré de son bureau, le soir, enfile ses pantoufles et débouche une bouteille de porto achetée chez l'épicier du coin pour fêter une augmentation de salaire avec sa femme et ses vieux amis. C'est pourquoi le *Journal d'un homme sans importance* se lit non pas comme un livre ordinaire, mais comme un évangile – livre d'un dieu ordinaire à l'usage d'hommes ordinaires.

Par rapport à la littérature française, et ce pour des raisons qui crèvent les yeux – le poli de la vie sociale (et le Français est avant tout un être sociable) qui gomme le relief du caractère, le goût du Français pour la grande forme, l'idée qu'il se fait de la tragédie comme étant plus « noble » que la comédie sous prétexte qu'il est plus « digne » de pleurer que de rire (et encore ne convient-il pas trop de pleurer en public) –, la littérature anglaise, elle, est infiniment plus riche en personnages comiques.

Et par personnage comique, j'entends l'homme qui est ce qu'il est irrésistiblement, par don divin.

Le personnage comique n'imitera donc personne. Il ne sera pas intelligent, mais amusant. Plus qu'amusant : vivant. Il vivra au milieu des morts, mais il ne les verra pas. Il excitera en nous à la fois le rire et les larmes. On rira de lui, mais surtout on rira avec lui. Aussi ne le trouvera-t-on pas chez les riches, les gens instruits et cultivés, les puissants et les grands de ce monde. Il ne fréquente pas le monde : le monde est trop petit pour lui, il ne peut le contenir. Mais c'est lui qui nous ramène à la vie quand le souci et le poids du savoir, quand l'idée de notre propre importance et le goût inné ou acquis du pouvoir avaient inoculé en nous le poison de la mort, et il nous rend bons quand l'amertume de la vie nous avait rendus cruels. Et surtout, il déclenche en nous le rire quand nous nous étions laissé enfermer dans cette ridicule et avilissante course aux places, aux honneurs, à l'argent et au succès. Le personnage comique est proche du saint, c'est un innocent. Il est enfermé dans son innocence comme un prisonnier dans sa tour, comme Falstaff dans sa graisse, comme Don Quichotte dans sa divine illusion, comme un saint dans son paradis.

Le personnage comique n'a pas besoin d'esprit pour assaisonner la vie quand il la trouve trop fade ; il s'amuse avec lui-même comme un enfant avec des jouets de sa propre invention, quand ses parents n'ont pas le mauvais goût de lui en acheter, et d'en faire avant l'heure un enragé de la lutte pour la vie et un esclave de la société de compétition. Car le présent que chaque personnage comique dépose dans notre chausson de Noël, c'est sa propre divine et irréfutable personnalité. C'est pourquoi il passe aux yeux du monde pour un imbécile. Mais son royaume n'est pas de ce monde, même si lui-même l'ignore.

C'est pourquoi il a été dit qu'il est plus difficile à un riche d'entrer dans ce royaume qu'à un chameau de passer par le chas d'une aiguille. Il y a pires richesses que les matérielles, comme les intellectuelles et les spirituelles, par exemple.

Le personnage comique est modeste et humble comme un éléphant ou un rhinocéros, et s'il est maladroit, c'est parce que c'est un géant.

Et cette humilité, qui est peut-être le plus beau cadeau de Noël que nous ait fait le christianisme – pensons aux rodomontades d'Ulysse comparées aux vantardises de Don Quichotte –, est une qualité qui se prête mieux que toute autre au monde à la plus profonde de toutes les formes d'humour. C'est pourquoi cet humour-là est à proprement parler évangélique. Aussi n'est-ce pas un hasard si les grands créateurs ont toujours choisi des personnages comiques pour incarner ce que l'humanité contient de plus précieux.

À l'instar de Falstaff, de Panurge, de Mr Pickwick, de l'oncle Toby, de Don Quichotte et de Sancho Pança, de Boswell et du Dr Johnson, et pourquoi pas de Bouvard et de Pécuchet, Charles Pooter justifie les voies de l'homme à l'égard de Dieu de la plus simple de toutes les manières possibles : en étant lui-même modeste, jusqu'à l'extrême.

GÉRARD JOULIÉ

INTRODUCTION DE Mr POOTER

Après tout, pourquoi ne publierais-je pas mon journal ? J'ai souvent vu des souvenirs de gens dont je n'ai même jamais entendu parler, et je ne vois pas pourquoi mon journal ne serait pas tout aussi intéressant – sous prétexte que je ne suis pas quelqu'un d'important. Mon seul regret est de ne pas l'avoir commencé quand j'étais jeune.

CHARLES POOTER
« Les Lauriers. »
Brickfield Terrace, Holloway

CHAPITRE PREMIER

Nous nous installons dans notre nouvelle maison, et je décide de tenir un journal. Les fournisseurs nous causent quelques ennuis, ainsi que le décrottoir. Le pasteur nous rend visite et m'adresse un grand compliment.

Cela fait tout juste une semaine que Carrie, ma chère épouse, et moi-même avons emménagé dans notre nouvelle demeure, « Les Lauriers », Brickfield Terrace, Holloway – une agréable maisonnette de six pièces, avec cuisine, office en sous-sol et un salon sur le devant où nous prenons le petit déjeuner. Nous avons également un petit jardin devant la maison avec un escalier extérieur d'une dizaine de marches conduisant à la porte d'entrée principale, qui, soit dit en passant, est toujours verrouillée. Cummings, Gowing et nos autres amis intimes entrent toujours par la petite porte latérale, ce qui évite à la bonne de se déranger et par là de la distraire de son travail. Derrière la maison il y a un jardinet qui descend jusqu'à la voie de chemin de fer. Nous craignions un peu au début à cause du bruit, mais le propriétaire nous a assuré qu'au bout d'un certain temps nous n'y ferions plus attention, et il nous a diminué notre loyer de deux livres. Il avait tout à fait raison et, à part quelques lézardes dans le mur au fond du jardin, nous n'avons pas été autrement incommodés.

Le soir, quand je rentre de mon travail à la City, j'apprécie mon intérieur. À quoi bon avoir un chez-soi

« Les Lauriers. »

si on n'y est jamais ? « Home, Sweet Home », voilà ma devise. Aussi, tous les soirs je suis à la maison. Nous avons souvent la visite de notre vieil ami Gowing, ainsi que celle de Cummings, qui habite en face. Ma chère femme Caroline et moi sommes, bien sûr, très contents de les voir, mais nous n'avons pas besoin d'eux ni de personne pour passer agréablement nos soirées. Il y a toujours quelque chose à faire dans un pavillon : un store à réparer, un tapis à reclouer, un éventail à accrocher – toutes choses que je peux faire la pipe à la bouche. Carrie, de son côté, ne reste pas inactive, soit qu'elle recouse un bouton à une chemise, soit qu'elle raccommode une taie d'oreiller ; et quand elle n'a pas d'ouvrage, elle joue la *Gavotte de Sylvia* sur notre nouveau piano (acheté à tempérament) fabriqué par W. Bilkson (en petits caractères) pour la maison Collard & Collard (en très gros caractères).

C'est aussi un grand réconfort pour nous de savoir que notre fils Willie donne toute satisfaction dans la banque d'Oldham où il travaille. Nous n'avons qu'un regret, c'est de ne pas le voir plus souvent. Et maintenant je commence mon journal proprement dit.

3 avril – Les fournisseurs sont venus nous offrir leurs services, et j'ai promis à Farmerson, le quincaillier, de m'adresser à lui, au cas où j'aurais besoin de clous ou de quelque outil que ce soit. À propos, cela

Notre cher ami Gowing.

me rappelle qu'il n'y a pas de clef à la porte de notre chambre à coucher, et que les sonnettes ont besoin d'être vérifiées. La sonnette du salon ne fonctionne pas, et celle de la porte d'entrée sonne dans la chambre à coucher de la bonne, ce qui est ridicule. Notre cher ami Gowing est passé dans la soirée, mais il n'est pas resté sous prétexte que la maison empestait la peinture.

4 avril – Encore les fournisseurs : Carrie étant sortie, je me suis arrangé avec Horwin, le boucher, qui m'a fait bonne impression et dont la boutique m'a paru bien tenue. Je lui ai commandé pour demain une épaule de mouton pour le mettre à l'essai. Carrie, de son côté, a commandé à Borset, le crémier, une livre de beurre frais, une livre et demie de sel de cuisine et deux douzaines d'œufs. Dans la soirée, Cummings nous a fait la surprise de sa visite. Il m'a montré une pipe en écume de mer qu'il avait gagnée dans une tombola, en me priant de la manier avec précaution, car il suffirait d'un peu d'humidité pour en altérer la couleur. Il n'a pas voulu rester à cause de l'odeur de peinture et a buté sur le décrottoir en sortant. Il faudra que je fasse enlever ce décrottoir.

5 avril – Il est arrivé deux épaules de mouton, Carrie s'étant entendue avec un autre boucher sans m'avoir consulté. Gowing est passé et il a trébuché sur le décrottoir en entrant. Il faudra absolument que je fasse enlever ce décrottoir.

6 avril – Les œufs pour le petit déjeuner étaient tout simplement infects. Les ai renvoyés à Borset avec mes compliments, en le priant de ne plus compter sur notre clientèle. Impossible de trouver mon parapluie, et bien qu'il plût à verse, j'ai dû m'en passer. Sarah prétend que Mr Gowing a dû le prendre hier soir par mégarde, car il y avait une canne dans le vestibule qui n'appartenait à personne. Dans la soirée, ayant entendu quelqu'un parler à voix haute à la bonne, je suis descendu à l'office pour voir qui c'était, et j'ai été surpris de découvrir qu'il s'agissait de Borset, le crémier. Il était ivre et tenait des propos insultants. En me voyant, il a déclaré qu'il ne livrerait plus jamais à des employés de bureau – que le jeu n'en valait pas la chandelle. Je me suis contenté de lui faire remarquer qu'on pouvait fort bien travailler dans un bureau et être un gentleman. Il m'a rétorqué qu'il était bien aise de l'apprendre, mais qu'en ce qui le concernait, il n'avait encore jamais rencontré un tel phénomène. Puis il est sorti en claquant si fort la porte que l'imposte a failli tomber. Je l'ai entendu trébucher contre le décrottoir, ce dont je me suis secrètement félicité. Après son départ, il m'est venu à l'esprit une superbe réplique que j'aurais dû lui faire. Tant pis, ce sera pour une autre occasion.

7 avril – Comme c'était samedi, je me réjouissais de rentrer de bonne heure à la maison, où j'avais encore un peu de rangement à faire ; mais deux de nos chefs de bureau étant absents pour cause de maladie, je n'ai pas pu rentrer avant sept heures. Borset m'attendait. Il était venu trois fois dans la journée s'excuser pour sa conduite d'hier soir. Il m'a dit que, n'ayant pu prendre son jour férié lundi dernier, il l'avait pris hier soir. Il m'a supplié d'accepter ses excuses et m'a offert une livre de beurre frais. Somme toute, il n'a pas l'air d'un mauvais bougre. Je lui ai commandé une douzaine d'œufs en

Notre cher ami Cummings.

insistant bien pour qu'ils soient frais cette fois. J'ai bien peur que nous n'ayons à faire l'acquisition d'un nouveau tapis pour l'escalier ; celui que nous avons n'étant pas tout à fait assez large pour rejoindre de chaque côté la couche de peinture. Carrie suggère que nous élargissions nous-mêmes la couche de peinture. Je verrai lundi s'il n'y a pas moyen d'assortir la couleur (chocolat foncé).

Dimanche 8 avril – Après le service, le pasteur est rentré de l'église avec nous. J'ai envoyé Carrie ouvrir la porte d'entrée principale, que nous n'utilisons que dans les grandes occasions. Malheureusement, elle n'a pas réussi à l'ouvrir, ce qui fait que j'ai dû faire entrer le pasteur (dont, soit dit en passant, je n'ai pas très bien saisi le nom) par la porte de service. Il s'est pris le pied dans le décrottoir et s'est déchiré le bas des pantalons. Ce qui est extrêmement fâcheux, parce que Carrie ne pouvait guère lui proposer de les lui repriser un dimanche. Après déjeuner, je me suis assoupi un moment, puis j'ai fait un tour dans le jardin où j'ai découvert un endroit idéal pour semer des radis et de la moutarde blanche. Retournés à l'église en fin d'après-midi ; rentrés avec le pasteur. Carrie a remarqué qu'il portait la même paire de pantalons que le matin, mais qu'ils avaient été reprisés. Il m'a demandé de bien vouloir faire la quête à l'église, ce que je considère comme un grand honneur.

CHAPITRE II

Les fournisseurs et le décrottoir nous causent de nouveaux ennuis. Gowing continue de se plaindre des odeurs de peinture, ce qui finit par devenir un peu agaçant. Je fais l'une des plaisanteries les plus drôles de ma vie. Les joies du jardinage. Une promenade à Hampstead, avec Mr Stillbrook, Gowing et Cummings, donne lieu à un léger malentendu. Sarah me fait passer pour un imbécile en présence de Cummings.

9 avril – Mal commencé la matinée. Le boucher, que nous avions décidé de ne *pas* honorer de notre clientèle, est venu m'injurier d'une façon inqualifiable. Il a commencé à m'insulter en déclarant qu'il n'avait pas besoin de ma clientèle. Je lui ai dit : « Dans ce cas, pourquoi venez-vous faire un esclandre chez moi ? » À quoi il a répliqué d'une voix assez forte pour être entendue de tout le voisinage : « Peuh ! Des clients comme vous, ça court les rues ! »

J'ai refermé la porte en laissant entendre à Carrie que cette scène extrêmement désagréable était entièrement sa faute, lorsque j'ai entendu donner de violents coups de pied contre la porte, comme si quelqu'un voulait la défoncer. C'était à nouveau cet ignoble individu criant comme un putois qu'il s'était blessé au pied en heurtant le décrottoir, et menaçant d'intenter une action en justice contre moi. Passé chez Farmerson, le quincaillier, en allant en ville ; lui ai demandé d'enlever le décrottoir et de réparer les sonnettes, jugeant que cela ne valait pas la peine de déranger le propriétaire pour si peu.

Rentré à la maison fatigué et soucieux. Mr Putley, le peintre qui nous avait envoyé sa carte, m'a expliqué qu'il ne pourrait pas assortir la couleur des marches de l'escalier, car elle contient du carmin indien. Il a ajouté qu'il avait passé une demi-journée à visiter des entrepôts pour essayer de l'obtenir. Il nous a proposé de repeindre entièrement l'escalier. Cela ne reviendrait pas beaucoup plus cher, et ce serait beaucoup plus satisfaisant pour nous comme pour lui, alors que s'il essayait d'assortir la couleur, cela ne donnerait rien de bon. J'ai accepté, tout en ayant le sentiment de m'être laissé embobiner. Planté de la moutarde et des radis, puis suis allé me coucher à neuf heures.

10 avril – Farmerson est venu s'occuper personnellement du décrottoir. Il m'a fait une excellente impression. Il m'a dit qu'en général il n'exécutait pas lui-même ce genre de travaux, mais que pour moi il ferait une exception. Je l'ai remercié vivement et suis allé au bureau. C'est une honte de voir à quelle heure certains jeunes employés se permettent d'arriver. J'ai dit à trois d'entre eux que si Mr Perkupp, le directeur, l'apprenait, ils risqueraient de se faire renvoyer.

Pitt, un jeune blanc-bec de dix-sept ans, qui n'est chez nous que depuis six semaines, m'a dit de « ne pas me faire des cheveux ». Je lui ai répondu que j'avais l'honneur d'être dans cette maison depuis vingt ans, à quoi il m'a répondu d'un air insolent que « ça se voyait ». Je lui ai lancé un regard indigné en disant : « Jeune homme, j'exige de vous le respect. » Il m'a répondu : « Vous pouvez toujours l'attendre ! » Je n'ai pas voulu discuter davantage avec lui. On ne peut pas discuter avec des gens pareils. Gowing est passé dans la soirée, et il s'est de nouveau plaint des odeurs de peinture. Gowing peut être parfois très agaçant avec ses remarques, et de plus il n'est pas toujours très délicat. Une fois, Carrie lui a fait très poliment observer qu'il y a certaines choses qu'on ne dit pas devant une dame.

11 avril – La moutarde et les radis n'ont pas encore donné. Aujourd'hui est un jour à marquer d'une pierre noire. D'abord j'ai raté le bus de neuf heures moins le quart pour la City, pour avoir eu maille à partir avec le fils de l'épicier qui, pour la seconde fois, a eu l'impertinence de déposer son panier devant la porte d'entrée principale en laissant la trace de ses bottes crottées sur les marches du perron qu'on venait de laver. Il prétend qu'il a frappé à l'entrée de service pendant un bon quart d'heure. Je savais que Sarah, notre bonne, était au premier en train de faire les chambres et qu'elle ne pouvait l'entendre. J'ai alors demandé au garçon pourquoi il n'avait pas sonné. Il m'a répondu qu'il avait tiré la sonnette, mais que la poignée lui était restée dans la main.

Je suis arrivé au bureau avec une demi-heure de retard, ce qui ne m'était encore jamais arrivé. Il y a eu ces derniers temps une grande irrégularité dans les horaires de certains employés, et comme un fait exprès, Mr Perkupp, notre directeur, avait justement choisi ce matin-là pour surprendre les retardataires. Quelqu'un avait refilé le tuyau aux autres et j'étais le seul à n'avoir pas été prévenu. En passant devant le pupitre de Pitt, je l'ai entendu qui disait à son voisin : « Ce n'est pas parce qu'on a vingt ans de maison qu'on peut se permettre d'arriver à n'importe quelle heure ! » Cette observation me visait, naturellement. J'ai préféré traiter cette remarque par le silence. Je me suis contenté de lui adresser un regard dédaigneux qui, hélas, a eu pour effet de les faire rire, lui et son camarade. J'ai pensé après coup qu'il eût été plus digne de faire semblant de n'avoir rien entendu. Cummings est passé dans la soirée et nous avons joué aux dominos.

12 avril – La moutarde et les radis ne sont toujours pas sortis. J'ai laissé Farmerson occupé à réparer le décrottoir, mais à mon retour j'ai trouvé trois hommes en train de travailler. Farmerson m'a expliqué qu'en creusant un trou, il avait perforé la conduite de gaz, ajoutant qu'on n'avait pas idée de placer une amenée de gaz dans un endroit pareil et que l'ouvrier qui l'avait posée n'y entendait manifestement rien. J'ai trouvé que son explication était une maigre consolation pour les frais que cette petite opération allait m'occasionner.

Gowing est passé dans la soirée, et nous nous sommes installés au salon pour fumer. Carrie nous a rejoints un peu plus tard, mais elle n'est pas restée longtemps car la fumée l'incommodait. Gowing m'avait offert ce qu'il appelle un cigare vert, qu'un de ses amis lui avait rapporté d'Amérique. Du cigare ou de moi je me demande lequel était le plus vert au bout d'un moment. Après en avoir fumé un peu plus de la moitié, je dus sortir du salon sous prétexte de dire à Sarah d'apporter les verres.

Je fis trois ou quatre fois le tour du jardin afin de respirer un peu d'air frais. À mon retour, Gowing, s'étant aperçu que je ne fumais pas, m'offrit un autre cigare, que je refusai poliment. Puis, comme il s'était mis à renifler selon l'habitude qu'il a contractée depuis quelque temps, je lui dis, pour couper court à toute récrimination de sa part : « Vous n'allez pas encore vous plaindre de l'odeur de peinture ? » « Non, cette fois c'est différent, je sens distinctement une odeur de bois moisi. » Je ne fais pas souvent de plaisanteries, mais je n'ai pu m'empêcher de lui rétorquer : « Ne serait-ce pas parce que vous pratiquez vous-même la langue de bois ? » Je ne me souviens pas d'avoir dit quelque chose d'aussi drôle de ma vie. Carrie était pliée en deux à force de rire. Je me suis même réveillé deux fois cette nuit pour en rire.

13 avril – Une extraordinaire coïncidence : Carrie a demandé à une couturière de lui confectionner des housses en chintz pour protéger du soleil les chaises et le canapé de reps vert du salon. J'ai aperçu cette personne et j'ai reconnu en elle la couturière qui travaillait il y a des années pour ma vieille tante de Clapham. Cela montre à quel point le monde est petit.

14 avril – Passé tout l'après-midi au jardin, ayant acheté ce matin pour cinq pence chez un bouquiniste un petit livre épatant et en excellent état sur le jardinage. Je me suis en outre procuré des plantes semi-annuelles de pleine terre que j'ai plantées dans un endroit bien exposé au soleil, ce qui fera, je l'espère, un joli clos. Ayant pensé à une plaisanterie, j'ai appelé Carrie. Elle est arrivée en maugréant, m'a-t-il semblé, et je lui ai dit : « Je viens de découvrir que nous habitions un cloître. » « Que veux-tu dire ? » m'a-t-elle répondu. « Eh bien, lui ai-je dit, il suffit de regarder le *clos*. » Carrie a dit : « Et c'est pour ça que tu m'as dérangée ? » Je lui ai dit : « D'ordinaire, tu aurais ri de ma petite plaisanterie. » Carrie m'a répondu : « D'ordinaire peut-être, mais pas quand j'ai à faire dans la maison. » Gowing est passé en fin d'après-midi. Il trouve que maintenant que l'escalier a été repeint, ce qui cloche, c'est la rampe. Il pense que là aussi une couche de peinture ne serait pas de trop. Carrie est du même avis. J'ai donc fait un saut chez Putley qui, heureusement, n'était pas là, ce qui m'a donné une bonne excuse pour laisser glisser la rampe. C'est assez bien trouvé, n'est-ce pas ?

Dimanche 15 avril – À trois heures, Cummings et Gowing sont venus me chercher pour aller faire une longue promenade du côté de Hampstead et de Finchley. Ils avaient emmené avec eux un de leurs amis, un certain Stillbrook. Nous avons bavardé en marchant à l'exception de Stillbrook, qui suivait à quelques pas derrière nous en traînant les pieds et en fauchant l'herbe avec sa canne.

Stillbrook traîne derrière.
En montant la colline.

Lorsqu'il fut près de cinq heures, nous délibérâmes entre nous et Gowing proposa d'aller prendre le thé, au *Cow and Hedge*. Stillbrook déclara que pour son compte il prendrait bien une fine à l'eau. Je lui fis observer que les débits de boissons n'ouvraient pas avant six heures. « Qu'à cela ne tienne ! m'a-t-il répondu. Il y a toujours moyen d'enfreindre le règlement. »

J'arrivai le premier à la barrière, et comme j'essayais d'entrer, le gardien me demanda : « D'où venez-vous ? » Je répondis : « De Holloway. » Il leva aussitôt son bras et refusa de me laisser passer. Je me retournai quand j'aperçus Stillbrook, suivi de près par Cummings et Gowing, qui se dirigeaient vers l'entrée. Je les observai un moment en silence, en me préparant à rire à leurs dépens, lorsque j'entendis le portier demander : « D'où venez-vous ? » À ma grande surprise Stillbrook répondit : « De Blackheath », et tous les trois furent immédiatement admis. Je trouvai ça un peu culotté.

Gowing me cria de l'autre côté de la barrière : « Nous n'en avons que pour une minute ! » J'attendis près d'une heure. Quand ils reparurent, ils avaient l'air d'excellente humeur, et le seul qui fit mine de s'excuser fut Mr Stillbrook. « Je reconnais que ce n'était pas très chic de vous avoir fait poireauter, me dit-il, mais le tenancier a insisté pour nous payer une tournée. » Je suis rentré à la maison sans dire un mot. Je n'aurais pas pu leur parler. J'ai été morose toute la soirée, mais j'ai jugé préférable de n'en rien dire à Carrie.

En descendant la colline.

Presque arrivés.

16 avril – En rentrant du bureau, me suis mis à jardiner. Puis, à la tombée du jour, j'ai écrit à Cummings et à Gowing (qui, pour une fois, ne sont pas venus : peut-être avaient-ils honte ?) à propos de notre randonnée d'hier. Réflexion faite, je décide d'attendre avant de faire partir mes lettres.

17 avril – Pensé à écrire un petit mot gentil à Gowing et à Cummings au sujet de dimanche dernier, pour les mettre en garde contre Mr Stillbrook. Tout compte fait, je décide qu'il vaut mieux le leur dire de vive voix, et je déchire mes lettres. Je suis stupéfait de recevoir une épître assez vive de Cummings concernant *mon* extraordinaire conduite de dimanche soir. Pour le coup je lui écris : « Je croyais être l'offensé, mais je vous pardonne bien volontiers, et n'en attends pas moins de vous, qui vous croyez à tort l'offensé. » J'ai recopié cette phrase mot à mot dans mon journal, parce que je pense que c'est l'une des phrases les mieux construites et les plus sensées qui soient jamais sorties de ma plume. J'ai ensuite posté la lettre, mais au fond de moi-même, j'avais presque l'impression de m'excuser d'avoir été insulté.

18 avril – Ai attrapé un bon rhume. Passé toute la journée au bureau à éternuer. Dans la soirée, comme mon rhume ne s'arrangeait pas, j'ai envoyé Sarah acheter une bouteille de quinquina. Je me suis ensuite endormi sur un fauteuil et me suis réveillé en frissonnant. À ce moment quelqu'un a frappé violemment à la porte d'entrée. Carrie tout en émoi. Sarah n'étant pas encore rentrée, je suis allé moi-même ouvrir. C'était seulement Cummings. Je me suis alors souvenu que le fils de l'épicier avait de nouveau détraqué la sonnette. Cummings me dit en me serrant la main : « Je viens de voir Gowing. Tranquillisez-vous. Tout est arrangé. » Il est clair qu'ils ont tous les deux l'impression que je me suis excusé.

Pendant que je jouais aux dominos avec Cummings, celui-ci me dit : « À propos, si vous avez besoin de vin ou de spiritueux, mon cousin Merton, qui vient de s'installer marchand de vin, a un excellent whisky, vieux de quatre ans, pour trente-huit shillings. C'est une occasion unique. Cela vaudrait la peine d'en faire mettre quelques douzaines de bouteilles de côté. » Je lui ai répondu que j'avais une toute petite cave et qu'elle était pleine. Or, voilà qu'au même moment Sarah entre dans

« Faites excuse, monsieur, l'épicier a dit qu'il n'avait plus de quinquina, mais il vous recommande ceci à deux shillings six pence... »

la pièce et dépose sur la table une bouteille de whisky enveloppée d'une feuille de papier journal toute sale en disant : « Faites excuse, monsieur, l'épicier a dit qu'il n'avait plus de quinquina, mais il vous recommande ceci à deux shillings six pence, avec deux pence de consigne. Il a aussi un très bon sherry, extra-sec, pour un shilling trois, au cas où vous seriez intéressé. »

CHAPITRE III

J'ai une conversation avec Mr Merton sur la haute société. Nous recevons Mr et Mrs James, de Sutton. Soirée misérable au Tank Theatre. J'expérimente différents vernis. Je fais une nouvelle plaisanterie dont Gowing et Cummings s'offensent mal à propos. Je peins la baignoire en rouge, ce qui donne un résultat surprenant.

19 avril – Cummings est passé avec son ami Merton, qui est négociant en vins. Gowing est également venu. Mr Merton nous a tout de suite mis à l'aise, et Carrie et moi avons été immédiatement conquis par ses manières et sa façon de penser.

Il s'est installé dans son fauteuil en disant : « Vous devez me prendre comme je suis. » J'ai répondu : « Cela vaut aussi pour nous. Nous sommes des gens tout simples, nous ne sommes pas des gens de la haute. »

Il a répondu : « Je le vois bien », ce qui a fait éclater de rire Gowing. Mais Merton l'a repris avec la plus grande courtoisie en disant : « Non, je crois que vous m'avez mal compris. J'ai seulement voulu dire que nos charmants hôtes, avec leur vie toute simple et sans prétention, valent bien mieux que ces gens qui s'efforcent de suivre la mode et qui sont toujours en train de courir d'un endroit à l'autre en vivant au-dessus de leurs moyens. »

J'ai été très sensible à la justesse de ces propos, aussi me suis-je permis de conclure sur ce sujet par ces mots : « Franchement, monsieur Merton, si nous n'allons pas dans le monde, c'est parce que nous n'en avons pas envie. Sans parler de ce que ça peut coûter en frais de toilette, et si j'ajoute les courses en fiacre, non, vraiment, l'un dans l'autre, j'estime que ça n'en vaut pas la peine. »

Merton a déclaré qu'en matière d'amitié sa devise était : « Peu mais bons. Ce qui vaut également pour le vin. » À quoi Gowing a rétorqué : « Oui, et quelquefois aussi : goûteux et bon marché, n'est-ce pas, mon vieux ? » Merton a fait semblant de ne pas entendre, puis il a poursuivi en disant que, comme j'étais un vieil ami de Gowing, je pourrais avoir son whisky de Lockanbar pour trente-six shillings la douzaine, ce qui était bien moins cher que le prix qu'il avait payé.

Il a inscrit ma commande et ajouté que si je désirais des billets de théâtre, je n'avais qu'à le lui faire savoir, et qu'il se ferait un plaisir de m'obliger, car il est, paraît-il, connu comme le loup blanc dans tous les théâtres londoniens.

20 avril – Carrie m'a rappelé que comme Annie Fullers (une ancienne camarade d'école à elle, devenue depuis Mrs James) et son mari étaient à Londres pour quelques jours, nous pourrions les emmener au théâtre. Elle m'a également suggéré d'écrire un mot à Mr Merton pour lui demander quatre places, soit pour Covent Garden, Haymarket, le Savoy ou le Lyceum. J'ai écrit à Merton à cet effet.

21 avril – Merton me répond qu'il est momentanément très occupé et qu'il se trouve dans l'impossibilité de nous procurer des billets pour les théâtres susdits, mais que le meilleur spectacle en ce moment à Londres a lieu au Tank Theatre d'Islington. Il joint à son mot quatre billets ainsi que la facture de whisky.

23 avril – Mr et Mrs James (*alias* Miss Fullers) sont venus prendre le thé, et ensuite nous sommes partis aussitôt au Tank Theatre. Nous avons pris un bus jusqu'à King's Cross et de là nous en avons pris un autre qui nous a conduits jusqu'à l'« Ange ». Mr James a voulu chaque fois payer pour tout le monde, disant que j'avais assez déboursé pour les tickets.

Arrivés au théâtre, tout le monde descend à l'exception d'une vieille femme avec un panier. Je m'avance pour présenter les billets. Le préposé à l'entrée les examine et s'écrie : « Monsieur Willowly ! Voulez-vous venir un moment ? » La personne ainsi interpellée examine mes billets et demande : « Qui vous a donné ça ? » Je réponds d'un air indigné : « Mr Merton, naturellement. » « Merton ? Qui est-ce ? » « Comment ! Vous ne connaissez pas Mr Merton ? Mais il n'y a pas un seul théâtre à Londres qui ignore ce nom ! » « Vraiment, eh bien, ici, nous n'avons pas ce plaisir. D'ailleurs, ces billets, qui ne sont *pas* datés, ont été délivrés du temps de Mr Swinstead, qui depuis a cessé ses fonctions. » Pendant que j'avais maille à partir avec ce monsieur, James, qui était monté avec les dames, me cria : « Venez donc ! » Je montai derrière eux, et une ouvreuse me dit fort civilement : « Par ici, s'il vous plaît, loge H. » Je dis à James : « Comment diable avez-vous fait ? » Et à ma grande stupéfaction, il me répondit : « Mais en payant, pardi ! »

Je n'étais pourtant pas au bout de mes humiliations, comme la suite le montrera. Comme je me penchais à l'extérieur de la loge, ma cravate – un petit nœud papillon noir qui se fixe au bouton de chemise au moyen d'une agrafe – se détacha de mon col de chemise et tomba dans le parterre. Un spectateur posa sans s'en apercevoir le pied dessus, puis, au bout d'un certain temps, il la ramassa d'un air dégoûté et la jeta sous le siège d'à côté. Cet incident, ajouté à celui des tickets, acheva de me gâcher la soirée. Mr James, de Sutton, me dit pour me réconforter : « Ne vous inquiétez pas, personne ne le remarquera avec votre barbe. C'est du reste le seul avantage d'avoir une barbe, pour autant que je puisse voir. » J'ai trouvé cette remarque extrêmement désobligeante, car Carrie est très fière de ma barbe.

Pour dissimuler l'absence de cravate, je dus garder la tête baissée le reste de la soirée, ce qui m'a donné mal à la nuque.

24 avril – N'ai pas pu fermer l'œil de la nuit à cause de cette histoire. J'ai honte d'avoir invité les James au théâtre et de les avoir laissés payer, parce que nos billets n'ont pas été honorés. Quant à la pièce, mieux vaut ne pas en parler. J'ai écrit une lettre très mordante à Merton, qui nous avait refilé ces tickets, en lui disant que « comme nous avions dû payer nos places, nous avons *fait tout notre possible* pour apprécier le spectacle ». J'ai trouvé cette phrase particulièrement incisive, et j'ai demandé à Carrie combien il y avait de *p* dans le mot apprécier. Elle m'a répondu « un ». Après avoir envoyé la lettre, j'ai vérifié dans le dictionnaire, et j'ai vu qu'il y en avait deux. C'est très vexant.

J'ai décidé de ne plus m'en faire au sujet des James ;

car, comme le dit très justement Carrie : « Nous les dédommagerons en les invitant un soir de la semaine prochaine pour faire une partie de bésigue. »

25 avril – Brickwell m'ayant dit des merveilles du nouveau vernis que sa femme vient d'acheter, j'ai décidé de l'essayer moi aussi. J'ai donc acheté deux pots de peinture rouge en rentrant à la maison. Je me suis dépêché de prendre le thé, et suis allé peindre quelques pots de fleurs dans le jardin. J'ai appelé Carrie qui s'est contentée de me dire : « Décidément, il faut toujours que tu t'entiches de quelque chose. » Mais elle a bien dû admettre que les pots de fleurs avaient fière allure. Je suis monté ensuite dans la chambre de la bonne où j'ai repeint la commode, la table de toilette et le porte-serviettes. La pièce en est toute transformée. Malheureusement, notre bonne Sarah, en voyant le résultat, n'a manifesté aucun signe de plaisir. Elle a seulement dit : « C'était aussi bien avant », ce qui prouve à l'évidence le manque de goût des classes inférieures.

26 avril – Acheté un autre pot de peinture rouge (le rouge étant à mon avis ce qu'il y a de mieux comme couleur), et repeint le seau à charbon ainsi que les dos de couverture de notre édition de Shakespeare, dont la reliure commençait à s'user.

27 avril – J'ai repeint la baignoire en rouge et suis enchanté du résultat. Malheureusement, Carrie ne partage pas mon avis. Nous avons même eu des mots à ce sujet. Elle me reproche de ne pas l'avoir consultée, et me dit qu'elle n'a encore jamais vu de baignoire peinte en rouge. J'ai répondu : « C'est purement une affaire de goût. »

Par chance, nous avons été interrompus dans notre discussion par une voix disant : « Puis-je entrer ? »

Je repeins la table de toilette dans la chambre de la bonne.

C'était seulement Cummings. Il ajouta : « Votre bonne m'a ouvert la porte en me priant de l'excuser de m'avoir fait entrer, car elle était en train d'essorer des bas. » J'étais ravi de le voir, et lui ai proposé une partie de whist. Par manière de plaisanterie, je lui ai dit : « C'est vous qui ferez le mort. » « Toujours aussi drôle ! » m'a-t-il répondu d'un air vexé. Il n'est pas resté longtemps. Il était seulement venu m'apporter la *Gazette vélocipédiste*, qu'il avait fini de lire.

Nouveau coup de sonnette. Cette fois, c'est Gowing qui dit qu'il « s'excuse de venir si souvent nous trouver, et qu'un de ces jours il faudra que nous venions chez lui ». Je lui réponds : « J'ai pensé à quelque chose d'extraordinaire. » « Quelque chose d'amusant comme d'habitude ? » « Oui, et pour une fois, même vous, vous allez trouver ça drôle, car cela vous concerne tous les deux, vous et Gowing. Car enfin n'est-ce pas curieux que ce soit toujours Gowing *qui vienne* et Cummings *qui s'en aille*[1] ? » Carrie, qui avait visiblement tout oublié au sujet de la baignoire, partit d'un grand éclat de rire, et quant à moi, j'étais plié en deux sur ma chaise à tel point que j'ai cru qu'elle allait craquer sous moi. Je crois bien que c'est une des meilleures plaisanteries que j'aie jamais faites.

Imaginez alors mon étonnement de voir que Cummings et Gowing demeuraient parfaitement silencieux, sans que le moindre sourire vînt éclairer leur visage. Après un moment de gêne, Cummings, qui avait ouvert son étui à cigares, le referma aussitôt en disant : « Après cela, il ne me reste plus qu'à m'en aller. Je suis navré de ne pas pouvoir goûter davantage le sel de vos plaisanteries. » Gowing, pour sa part, déclara qu'il appréciait tout autant qu'un autre une plaisanterie quand elle était fine, mais qu'il avait toujours trouvé les calembours d'un extrême mauvais goût. Cummings renchérit en ajoutant que si c'était un autre que moi qui l'avait faite, il n'aurait plus jamais remis les pieds dans notre maison. Cette réplique pour

1. Jeu de mots sur « venir » (*to come*) et « s'en aller » (*to go*).

le moins déplaisante mit un terme à une soirée qui autrement aurait pu être agréable. Tout compte fait, ils ont bien fait de partir, la femme de ménage ayant fini le rôti de porc.

28 avril – Au bureau, le jeune Pitt, qui s'était montré insolent envers moi, il y a environ une semaine, est de nouveau arrivé en retard. Je lui ai représenté qu'il était de mon devoir d'en informer Mr Perkupp, notre directeur. À ma grande surprise, Pitt s'est fort humblement et fort civilement excusé. J'ai été sincèrement ravi de son changement d'attitude à mon égard, et je lui ai dit que pour cette fois je fermerais les yeux sur son retard. En traversant la pièce une heure plus tard, je reçus une boulette de papier mâché en pleine figure. Je me retournai aussi sec, mais tous les employés avaient l'air consciencieusement penchés sur leur travail. Je ne suis pas riche, mais je donnerais gros pour savoir si cette boulette a été lancée par hasard ou de propos délibéré. Suis rentré à la maison de bonne heure après avoir acheté en route un nouveau pot de peinture – noire cette fois. Passé la soirée à repeindre les chenets, les cadres des tableaux, ainsi qu'une vieille paire de chaussures, que j'ai rendues comme neuves. Ai aussi repeint la canne de Gowing, qu'il avait oubliée. On aurait dit de l'ébène.

Dimanche 29 avril – Me suis réveillé avec une affreuse migraine et tous les symptômes d'une bonne grippe. Carrie, avec une perversité qui n'appartient

« Je ressemblais à Marat dans sa baignoire, tel que je me souvenais de l'avoir vu chez Madame Tussaud. »

qu'à elle, a prétendu que j'avais attrapé la « colique des peintres », à force d'être resté des heures le nez collé sur un pot de peinture. Je lui ai répondu fermement que j'étais mieux placé qu'elle pour savoir ce que j'avais. La vérité, c'est que j'ai attrapé froid et je décide de prendre un bain aussi chaud que possible. Quand le bain est prêt, l'eau est tellement bouillante que j'ai peine à y entrer. Je persiste toutefois et peu à peu la température devient supportable. Je reste immobile pendant quelques minutes.

Au bout d'un moment, comme je remuais la main à la surface de l'eau, j'ai éprouvé l'une des plus grandes frayeurs de ma vie. Imaginez ma stupeur en m'apercevant que j'avais la main recouverte de sang. J'ai d'abord cru que je m'étais ouvert une artère, que j'allais perdre tout mon sang et qu'on me retrouverait comme Marat, tel que je me souvenais de l'avoir vu chez Madame Tussaud. J'ai ensuite voulu tirer la sonnette, mais je me suis rappelé qu'il n'y avait plus de sonnette. J'ai alors réalisé que ce que je prenais pour du sang n'était rien d'autre que la peinture qui s'était dissoute dans l'eau bouillante. Je suis sorti du bain entièrement écarlate comme ces Indiens que j'ai vus dans un théâtre de l'East End. J'ai décidé de ne rien dire à Carrie et de faire venir Farmerson lundi pour lui demander de repeindre la baignoire en blanc.

CHAPITRE IV

Bal à la Mansion House.

30 avril – Extrêmement surpris de recevoir, pour Carrie et pour moi, une invitation du lord-maire et de son épouse à nous rendre à la Mansion House, afin d'y « rencontrer les représentants du commerce et de l'industrie ». Mon cœur battait comme celui d'un collégien. Carrie et moi avons relu deux ou trois fois l'invitation. J'étais tellement ému que j'ai à peine pu avaler mon petit déjeuner. J'ai dit – et mes paroles venaient du fond du cœur : « Carrie chérie, j'étais fier lorsque je t'ai conduite à l'autel, le jour de notre mariage ; je le serai tout autant, sinon davantage, lorsque je conduirai ma chère et jolie épouse à la Mansion House pour la présenter au lord-maire et à sa femme. » « Charlie, mon chéri, me répondit-elle, les larmes aux yeux, c'est moi qui ai lieu d'être fière de toi, et je suis très, très fière de toi. Tant que je serai jolie pour toi, je serai la plus heureuse des femmes. Mon cher Charlie, tu n'es pas beau, mais tu es bon, ce qui est infiniment préférable. » Je l'ai embrassée et elle a ajouté : « Je me demande s'il y aura un bal. Il y a des années que je n'ai pas dansé avec toi. »

Je ne sais pas ce qui m'a pris alors, mais je l'ai saisie par la taille et nous nous sommes mis à danser une espèce de polka endiablée lorsque Sarah est entrée dans la pièce en disant avec un sourire narquois : « Madame, il y a quelqu'un à la porte qui voudrait savoir si vous avez besoin de charbon. » Cette interruption m'a extrêmement agacé. J'ai passé la soirée à essayer de répondre à l'invitation du lord-maire, après avoir prié Sarah de dire que nous n'étions pas à la maison au cas où Gowing ou Cummings passeraient. Il faut que je consulte Mr Perkupp pour savoir comment répondre à l'invitation du lord-maire.

1er mai – Carrie m'a dit : « J'aimerais envoyer l'invitation à maman afin qu'elle puisse la voir. » J'y consens, dès que j'y aurai répondu. J'annonce à

« Je la saisis par la taille et nous nous mîmes à danser une polka endiablée lorsque Sarah est entrée dans la pièce. »

Mr Perkupp, au bureau, avec un sentiment d'orgueil, que nous avons reçu une invitation à la Mansion House.

Il me répond, à ma grande surprise, que c'est lui-même qui a donné mon nom au secrétaire du lord-maire. J'estime que cela déprécie quelque peu l'invitation, mais je le remercie tout de même, et, pour m'obliger, il m'explique en quels termes je dois y répondre. Sa réponse me paraît trop simple, mais bien sûr, il est mieux placé que moi pour savoir ce qui convient.

2 mai – Je fais porter ma redingote et mes pantalons rayés chez le petit tailleur au coin de la rue pour qu'il me les rafraîchisse. J'écris à Gowing de ne pas venir lundi, vu que nous serons à la Mansion House. J'envoie un billet similaire à Cummings.

3 mai – Carrie est allée trouver Mrs James, à Sutton, pour lui demander conseil au sujet de sa robe pour lundi prochain. Comme je parlais incidemment à Spotch, l'un de nos chefs de bureau, de la réception à la Mansion House, il me dit : « Oh, moi aussi je suis invité, mais je ne pense pas que j'irai. » Le fait qu'un individu aussi vulgaire que Spotch soit invité me fait le même effet qu'une douche froide. Dans la soirée, tandis que j'étais sorti, le petit tailleur est venu rapporter ma redingote et mes pantalons, et comme Sarah n'avait pas de quoi payer le repassage, il les a repris avec lui.

4 mai – La mère de Carrie nous a renvoyé l'invitation du lord-maire en s'excusant d'avoir renversé dessus un verre de porto. J'étais trop indigné pour dire quoi que ce soit.

5 mai – Acheté une paire de gants de chevreau lavande pour lundi prochain, et deux cravates blanches, au cas où j'en salirais une en la nouant.

Dimanche 6 mai – Un sermon bien ennuyeux durant lequel, j'ai honte à l'avouer, j'ai pensé à deux reprises à la réception de demain à la Mansion House.

7 mai – Un jour à marquer d'une pierre blanche : la réception du lord-maire. Toute la maison est sens dessus dessous. J'ai dû être prêt à six heures et demie, car Carrie avait besoin de la pièce pour s'habiller. Mrs James étant venue exprès de Sutton pour aider Carrie, je n'ai pas pu m'empêcher de trouver déraisonnable qu'elle eût également besoin des services de Sarah, notre bonne. Celle-ci n'arrêtait pas de sortir de la maison en courant pour chercher « quelque chose pour Madame », et plusieurs fois, j'ai dû aller répondre à la porte de service en habit de soirée.

La dernière fois, ce fut le fils de l'épicier qui, ne voyant pas que c'était moi – car Sarah n'avait pas éclairé –, m'a fourré dans les mains deux choux et une demi-douzaine de boulets de charbon. J'étais si outré

« Le fils de l'épicier... qui m'a fourré dans les mains deux choux et une demi-douzaine de boulets de charbon. »

que je les ai jetés par terre, et dans ma colère je me suis laissé aller à lui boxer les oreilles. Il est parti en pleurant et en menaçant de m'attaquer en justice. Dans l'obscurité j'ai glissé sur une feuille de chou, et me suis retrouvé les quatre fers en l'air sur le carrelage. J'ai mis un moment avant de recouvrer mes esprits, puis j'ai regagné le salon à quatre pattes et en me regardant dans le miroir, au-dessus de la cheminée, je me suis aperçu que j'avais le menton qui saignait, que ma chemise était toute charbonnée et que la jambe gauche de mon pantalon était déchirée au genou.

Mrs James m'a toutefois apporté une nouvelle chemise que j'ai enfilée au salon. Je me suis collé un morceau de sparadrap au menton, et Sarah a très proprement raccommodé l'accroc à mon pantalon. À neuf heures, Carrie a fait son entrée dans la pièce, parée comme une reine. Je ne l'avais jamais vue aussi charmante ni aussi distinguée. Elle portait une robe de satin bleu ciel – ma couleur préférée – et sur les épaules un carré de dentelle que Mrs James lui avait prêté. La robe m'a néanmoins semblé un peu trop longue de derrière et beaucoup trop courte de devant, mais Mrs James a affirmé que c'était la mode. Cette dernière s'est montrée par ailleurs excessivement aimable. Elle a prêté à Carrie un éventail en ivoire à plumes rouges, dont la valeur est, paraît-il, inestimable, car ce sont des plumes d'aigle de Kachu – une espèce aujourd'hui disparue. Je préférais pour ma part le petit éventail blanc que Carrie a acheté chez Shoolbred pour trois shillings six pence, mais ces dames ont eu vite fait de me rabrouer.

Nous sommes arrivés trop tôt à la Mansion House, ce qui m'a permis d'échanger quelques mots avec Sa Seigneurie, laquelle a très gracieusement condescendu à m'adresser la parole. J'ai été toutefois très déçu d'apprendre qu'Elle n'avait jamais entendu parler de notre directeur, Mr Perkupp.

J'ai eu l'impression que nous avions été invités à la Mansion House par quelqu'un qui lui-même ne connaissait pas le lord-maire. La foule a commencé d'affluer, et de ma vie je n'ai vu un spectacle aussi grandiose. J'avoue que je suis bien incapable de l'évoquer. J'étais cependant légèrement agacé par Carrie, qui ne cessait de répéter : « Quel dommage que nous ne connaissions personne ! »

À un moment donné, elle a même complètement perdu la tête. Comme je m'approchais d'une personne qui ressemblait à Franching, de Peckham, elle m'a retenu par la queue de mon habit, en disant tout haut : « Ne me laisse pas ! », ce qui a provoqué l'hilarité d'un vieux monsieur et de deux dames en habits de cour. Il y avait énormément de monde dans la salle à manger, et Seigneur Dieu, quel dîner ! Du champagne à gogo.

Carrie a fait honneur à tous les plats, ce qui m'a fait bien plaisir, car je la trouve parfois un peu trop maigrichonne. Quant à moi, j'avais tellement soif que je n'ai presque rien mangé. Tout à coup, je reçois une grande tape sur l'épaule, je me retourne et, à ma stupéfaction, j'aperçois Farmerson, notre quincaillier, qui me dit d'un ton très familier : « C'est mieux que Brickfield Terrace, hein ? » Je l'ai regardé fixement, et lui ai répondu d'un ton sec : « Je ne m'attendais pas à vous voir ici. » « Moi non plus », m'a-t-il rétorqué avec un rire grossier. « Ah, vraiment ? » ai-je fait. J'aurais souhaité trouver autre chose à dire. Il a ajouté : « Puis-je aller chercher quelque chose pour votre femme ? » « Non, je vous remercie », a répondu Carrie, ce dont j'ai été ravi. Je lui dis en guise de reproche : « Vous n'êtes pas venu aujourd'hui repeindre la baignoire, comme je vous l'avais demandé. » « Excusez-moi, monsieur Pooter, mais je n'ai pas l'habitude de parler boutique quand je suis en compagnie. »

Avant même que j'eusse pu songer à une réponse, l'un des prévôts, en grand habit de cour, posa sa main sur l'épaule de Farmerson, comme s'il le connaissait depuis toujours, et l'invita à dîner dans sa loge. Je n'en revenais pas. Pendant cinq bonnes minutes, ils restèrent à s'esclaffer et à se bourrer les côtes. Ils n'arrêtaient pas de se dire qu'ils n'avaient pas vieilli d'un jour. Puis ils tombèrent dans les bras l'un de l'autre et se mirent à boire du champagne.

Dire qu'un homme qui répare notre décrottoir puisse

connaître l'un des membres de notre aristocratie ! Je m'éloignais avec Carrie, lorsque, me saisissant brutalement par le col, Farmerson dit, en s'adressant au prévôt : « Laissez-moi vous présenter mon voisin, Pooter. » Il n'a même pas dit « monsieur ». Le prévôt me tendit une coupe de champagne. J'estimais, après tout, que c'était un grand honneur que de boire un verre de champagne avec lui, et je le lui dis. Nous avons bavardé un moment jusqu'à ce que je lui dise : « Excusez-moi, mais je dois maintenant aller retrouver Mrs Pooter. » À peine l'eus-je rejointe qu'elle me dit : « J'espère que ce n'est pas pour moi que tu quittes tes amis. Comme tu peux le voir, je suis très heureuse, toute seule au milieu d'une foule où je ne connais personne ! »

Comme il faut être deux pour se quereller et que ce n'était ni le lieu ni l'heure pour cela, je dis à Carrie en lui donnant le bras : « J'espère que ma petite femme chérie voudra bien me faire l'honneur de danser avec moi, ne fût-ce que pour dire à nos amis que nous avons dansé ensemble à la Mansion House en tant qu'invités du lord-maire. » Comme, après le dîner, les danseurs paraissaient moins guindés, et sachant combien Carrie admirait mes talents de danseur du temps où j'étais jeune, je lui enlaçai la taille et nous attaquâmes une valse.

Malheureusement, je portais une paire de chaussures neuves, et j'avais sottement omis de suivre le conseil de Carrie, à savoir de gratter les semelles avec une pointe de ciseaux, voire de les humidifier un peu, avant de les porter. Nous avions à peine fait un tour de danse que, tel l'éclair, mon pied gauche dérapa et que je m'étalai de tout mon long par terre, heurtant ma tête contre le parquet avec une telle violence que pendant deux ou trois secondes je perdis connaissance. Dans ma chute, j'entraînai Carrie qui cassa le peigne qu'elle avait dans ses cheveux et s'écorcha le coude.

Il y eut quelques éclats de rire parmi l'assistance qui cessèrent aussitôt qu'on s'aperçut que nous nous étions réellement fait mal. Un monsieur aida Carrie à se relever ; quant à moi, je m'exprimai avec véhémence sur le danger d'avoir un parquet ciré sans la moindre carpette pour empêcher les gens de glisser. Le monsieur obligeant, qui dit s'appeler Darwitts, insista pour offrir un verre de vin à Carrie, invitation que je fus heureux de lui permettre d'accepter.

Je me dirigeais à mon tour vers le buffet, lorsque je tombai sur Farmerson qui m'aborda aussitôt de sa grosse voix : « Oh, c'est vous le type qui a glissé ? »

Je lui lançai un regard courroucé.

Puis il ajouta avec un goût exécrable : « Écoutez, mon vieux, ces galipettes ne sont plus de notre âge. Il faut laisser cela aux jeunes. Venez donc prendre un verre. C'est davantage notre rayon. »

J'eus le sentiment d'acheter son silence en acceptant de le suivre à la salle à manger.

Après notre mésaventure, ni Carrie ni moi n'avions plus guère envie de nous attarder. Au moment de nous en aller, Farmerson nous dit : « Si vous partez, pourriez-vous me prendre avec ? »

J'ai cru préférable d'accepter, mais je regrette de n'avoir pas d'abord consulté Carrie.

CHAPITRE V

Après le bal à la Mansion House, Carrie se sent offensée. Gowing également. Agréable soirée chez les Cummings. Mr Franching, de Peckham, nous rend visite.

8 mai – Me suis réveillé avec une épouvantable migraine. Je pouvais à peine voir, et j'avais la nuque tout ankylosée. J'ai d'abord songé à appeler un médecin, puis j'y ai renoncé. Une fois levé, je ne tenais guère sur mes jambes. Suis passé chez Brownish, le pharmacien, qui m'a donné une potion. Mais je me suis senti si mal au bureau que j'ai dû demander la permission de rentrer chez moi. Suis allé chez un autre pharmacien dans la City qui m'a prescrit un autre médicament. Celui que m'avait donné Brownish semble m'avoir rendu encore plus malade. Je n'ai rien mangé de la journée. Comme si cela ne suffisait pas, Carrie, chaque fois que je lui adressais la parole, me répondait sèchement, c'est-à-dire quand elle daignait me répondre.

Dans la soirée, me sentant à nouveau plus mal, je lui dis : « Je crois bien que j'ai été empoisonné par la langouste à la mayonnaise que j'ai mangée hier soir à la Mansion House. » Elle m'a simplement répondu sans quitter son ouvrage des yeux : « Tu sais bien que le champagne ne t'a jamais réussi. » « Qu'est-ce que tu me racontes là ? lui ai-je répliqué d'un ton irrité. Je n'en ai bu qu'un verre et demi, et tu sais aussi bien que moi… » Je n'eus pas le temps de finir ma phrase qu'elle était déjà sortie de la pièce. Je suis resté assis une heure, attendant son retour, mais finalement, comme je ne la voyais pas revenir, je décidai d'aller au lit. Carrie s'était couchée sans même m'avoir souhaité bonne nuit, me laissant le soin de verrouiller la porte de l'office et de donner à manger au chat. Demain matin, je lui dirai ma façon de penser.

9 mai – Encore un peu vaseux, avec de petites taches noires sur la figure. La *Gazette bimensuelle de Blackfriars* contient la liste des invités au bal de la Mansion House. Déçu de ne pas y trouver nos noms, quoique celui de Farmerson y figure en bonne place, suivi de la mention

Mr Farmerson fume dans le fiacre en rentrant à la maison.

M.L.L. (dont le sens m'échappe). C'est d'autant plus vexant que nous en avions commandé une douzaine d'exemplaires pour les envoyer à nos amis. J'ai écrit au journal pour leur signaler cette omission.

Carrie avait commencé son petit déjeuner lorsque je suis entré au salon. Après m'être servi une tasse de thé, je lui dis d'un ton très calme et très poli : « Carrie, j'aimerais bien que tu m'expliques ta conduite d'hier au soir. »

Elle répliqua : « Ah vraiment ! Et toi, voudrais-tu bien m'expliquer ta conduite de l'avant-veille ? »

Je dis, d'un ton égal : « Vraiment, je ne te comprends pas. »

Elle, d'un ton sarcastique : « Et pour cause ! Tu n'étais guère en état de comprendre quoi que ce soit. »

J'étais si désarçonné par cette insinuation que je ne pus que lancer un : « Caroline ! »

« Oh, dit-elle, ne monte pas sur tes grands chevaux, ça ne prend pas avec moi. Réserve ce ton pour ton nouvel ami, *Mister* Farmerson, le quincaillier ! »

J'étais sur le point de répondre, lorsque Carrie, dans un état d'emportement que je ne lui avais jamais vu auparavant, m'intima de tenir ma langue : « Cette fois, c'est *moi* qui parle. Après avoir fait semblant de snober Mr Farmerson, tu permets qu'il te snobe en ma présence, puis tu te laisses offrir une coupe de champagne, et tu ne te limites pas à une coupe. Tu proposes ensuite à ce grossier personnage, qui n'a même pas été fichu de réparer notre décrottoir, de le raccompagner chez lui. Je passe sous silence le fait qu'il a déchiré ma robe en montant dans le fiacre, et qu'il a marché sur l'éventail de Mrs James que tu m'avais fait lâcher des mains, ce dont il ne s'est même pas excusé ; au lieu de quoi, vous avez fumé durant tout le trajet sans même avoir eu la décence de me demander la permission. Ce n'est pas tout ! Quand nous sommes arrivés à la maison, alors qu'il ne t'avait même pas proposé de participer aux frais de la course, tu as encore trouvé le moyen de l'inviter chez nous. Fort heureusement, il était assez sobre pour déceler à mon attitude que sa présence était indésirable. »

Dieu sait si j'étais assez humilié par cette scène ; or, voici que pour ne pas arranger les choses, Gowing fit brusquement irruption dans la pièce. Il avait deux chapeaux sur la tête, un râteau à la main, et autour du cou le collet de fourrure de Carrie (qu'il avait décroché de la patère du vestibule). « Son Altesse Royale, le lord-maire ! » s'écria-t-il d'une voix de rogomme. Il fit ensuite deux fois le tour de la pièce au pas cadencé, et comme nous ne faisions pas attention à lui, il ajouta : « Eh quoi ! Une querelle d'amoureux ? »

Il y eut un moment de silence, puis, d'une voix calme et mesurée : « Mon cher Gowing, lui dis-je, je ne me sens pas très bien et ne suis guère d'humeur à plaisanter, surtout lorsque vous entrez sans frapper, ce que je trouve d'une impolitesse crasse. »

Lui : « Je suis désolé, mais je suis venu chercher ma canne que je croyais que vous auriez l'obligeance de me faire porter. » Je lui tendis sa canne que je me souvenais, en effet, avoir repeinte en noir dans l'intention de l'enjoliver. Il l'examina pendant une minute d'un air hébété, puis s'écria : « Qui a fait cela ? »

« Qui a fait quoi ? »

« Mais esquinté ma canne, pardi ! Elle appartenait à mon pauvre oncle, et c'est ce que j'ai de plus précieux au monde. Oh, mais je saurai bien le nom du saligaud qui a fait ça ! »

« Je suis vraiment navré. Je pensais faire pour le mieux, mais ça partira facilement, ne vous inquiétez pas. »

« Tout ce que je peux dire, c'est que vous avez un sacré toupet ! Et j'ajouterai que vous êtes encore plus sot que vous n'en avez l'air, ce qui n'est pas peu dire ! »

12 mai – Reçu un seul numéro de la *Gazette bimensuelle de Blackfriars*. Il y avait une brève liste de plusieurs noms qu'ils avaient omis ; mais ces imbéciles avaient mal orthographié le nôtre. Ils avaient écrit : « Mr et Mrs C. Porter. » C'est très fâcheux ! Je leur ai de nouveau écrit en prenant soin d'orthographier notre nom en lettres majuscules, POOTER, de sorte que cette fois il n'y ait plus d'erreur possible.

16 mai – J'ouvre la *Gazette bimensuelle de Blackfriars* d'aujourd'hui, et je tombe sur le paragraphe suivant : « Nous avons reçu deux lettres de Mr et Mrs Charles Pewter, nous priant de signaler le fait important qu'ils étaient présents au bal de la Mansion House. » J'ai déchiré le journal d'un geste rageur et l'ai jeté dans la corbeille à papier. Mon temps est beaucoup trop précieux pour le perdre à des broutilles pareilles.

21 mai – Ces dix derniers jours ont été particulièrement mornes. Carrie est en visite chez Mrs James à

Sutton, et Cummings est également absent. Gowing, je présume, est toujours fâché contre moi pour cette histoire de canne.

22 mai – Acheté une nouvelle canne à pommeau d'argent, qui m'a coûté sept shillings et six pence (je dirai cinq shillings à Carrie), que j'ai envoyée à Gowing, accompagnée d'un petit mot gentil.

23 mai – Reçu un billet étrange de Gowing : « Offensé ? Pas le moins du monde, mon vieux. J'ai cru, au contraire, que vous m'en vouliez de m'être mis en colère contre vous. En outre, j'ai découvert après coup que ce n'était pas la canne de mon pauvre oncle que vous aviez repeinte. C'était une babiole que j'avais achetée un shilling dans un bureau de tabac. Merci tout de même pour ce superbe cadeau. »

24 mai – Carrie est rentrée. Hourra ! Elle a une mine resplendissante, si ce n'est qu'elle a attrapé un coup de soleil sur le nez.

25 mai – Carrie m'a conseillé d'apporter chez Trillip au coin de la rue certaines de mes chemises dont le col et les poignets étaient très froissés. Sans hésiter, je lui répondis : « Je ne le suis pas moins. » Dieu, quelle rigolade ! Je pensai que jamais les rires ne cesseraient. Comme, dans l'autobus, je me trouvais assis à côté du chauffeur, je lui racontai ma blague des chemises « froissées ». Je crus qu'il allait tomber de son siège. Au bureau, on a aussi beaucoup ri de ma plaisanterie.

26 mai – Ai laissé les chemises chez Trillip. Je lui ai dit : « Ça me chiffonne qu'elles soient froissées. » Il a répondu, sans sourire : « C'est dans l'ordre des choses. » Certaines personnes semblent être complètement dépourvues d'humour.

1er juin – La semaine dernière a été comme autrefois, avec Carrie de retour, et Gowing et Cummings passant presque tous les soirs. Deux fois nous sommes restés très tard au jardin. Ce soir nous avons joué au jeu des petits papiers, et nous nous sommes amusés comme des gosses. C'est un jeu très intéressant.

2 juin – Nous avons remis ça ce soir, mais c'était moins réussi que la veille, Gowing s'étant permis comme à son habitude certaines remarques frisant le mauvais goût.

4 juin – Carrie et moi avons été invités à passer la soirée chez les Cummings. Gowing était là aussi, ainsi que Mr Stillbrook. Ce fut très gentil. Mrs Cummings a chanté cinq ou six chansons, « Non, monsieur » et « Le jardin du sommeil » étant à mon humble avis les meilleures. Mais ce que j'ai préféré fut le duo – un duo classique – qu'elle a chanté avec Carrie. Je crois que ça s'intitulait : « J'aimerais bien, mon amour… » C'était magnifique. Si Carrie avait été plus en voix, je doute que des cantatrices professionnelles l'eussent mieux chanté. Après dîner, nous leur avons demandé de le rechanter. Je n'ai guère de sympathie pour Mr Stillbrook depuis notre promenade de l'autre jour à Hampstead, mais je dois reconnaître qu'il chante très bien les chansons comiques. Sa chanson « Nous ne voulons plus maintenant des vieux » nous a fait rire aux larmes, surtout le couplet où il est fait allusion à Gladstone[1]. Il y avait un autre couplet qu'il aurait pu s'abstenir de chanter, comme je le lui ai fait remarquer. Mais Gowing, lui, a trouvé que c'était le meilleur du lot.

6 juin – Trillip a rapporté les chemises, et je suis horrifié de constater qu'il m'a demandé plus cher pour un simple raccommodage que ce qu'elles m'ont coûté neuves. Je le lui ai dit ; à quoi il m'a répondu fort impertinemment : « De quoi vous plaignez-vous ? Elles sont mieux maintenant que lorsque vous les avez achetées. » Je l'ai payé en disant que c'était du vol. « Si vous vouliez, m'a-t-il répliqué, que j'utilise pour vos plastrons de chemise de la toile bon marché, comme celle qu'on emploie pour les reliures de livres et les emballages, vous n'aviez qu'à le dire. »

1. William Ewart Gladstone (1809-1898), homme d'État britannique.

7 juin – Un incident extrêmement fâcheux. Rencontré Mr Franching, qui habite Peckham, et qui est un gros bonnet dans son genre. Je l'ai invité à tout hasard à dîner à la maison à la fortune du pot, sans songer qu'il me prendrait au mot. Ce qu'il a fait. Il a accepté de façon très amicale, disant qu'il serait ravi de « casser

Mr Franching, de Peckham.

une petite graine avec nous ». « Montons dans cet autobus bleu », lui ai-je dit. « Non, merci, pas d'autobus bleu pour moi aujourd'hui, je vous remercie. J'ai eu ma ration de "bleus" ces derniers temps. Je viens de perdre un paquet sur les cuivres. Montez là-dedans. »

Nous avons donc pris un taxi pour rentrer. Arrivés devant chez nous, j'ai frappé trois fois à la porte d'entrée sans obtenir de réponse. J'ai aperçu Carrie à travers le panneau vitré qui montait l'escalier en courant. Je priai Mr Franching d'attendre à la porte tandis que je ferais le tour par-derrière. Là, je vis le fils de l'épicier en train d'enlever la peinture de la porte qui commençait à s'écailler. N'ayant pas le temps de le

Le fils de l'épicier en train d'enlever la peinture de la porte qui commençait à s'écailler.

réprimander, je pénétrai dans la maison par la fenêtre de la cuisine, puis ouvris à Mr Franching et l'introduisis au salon. Je montai ensuite trouver Carrie qui était en train de changer de robe, et lui dis que j'avais invité Mr Franching à dîner. « Comment as-tu pu faire une chose pareille ? me répondit-elle. Tu sais bien que c'est aujourd'hui le jour de sortie de Sarah, et que nous n'avons rien à la maison, le gigot de mouton ayant tourné à cause de la chaleur. »

Finalement, Carrie, en bonne fille qu'elle est, descendit à la cuisine, lava quelques tasses et mit le couvert. Je donnai nos vues du Japon à regarder à Franching, pendant que je courais acheter trois côtelettes chez le boucher.

30 juillet – Il fait un temps de cochon, ce qui, semble-t-il, a pour effet de nous détraquer les nerfs, à Carrie et à moi. Depuis quelque temps, nous sommes sans cesse à nous chamailler pour un rien, particulièrement durant les repas.

Ce matin, nous parlions de dirigeables, et nous étions tous deux gais comme des pinsons, quand, tout à coup, je ne sais pour quelle raison, la conversation a bifurqué sur des affaires de famille et Carrie, sans la moindre provocation de ma part, s'est mise à parler, d'une façon que j'ai jugée peu flatteuse, des embarras financiers de mon pauvre père. Je lui ai rétorqué qu'en tout cas « papa était un gentleman », sur quoi Carrie a éclaté en sanglots et, bien entendu, je n'ai pu avaler mon petit déjeuner.

Au bureau, Mr Perkupp m'a fait appeler pour me demander, tout en s'excusant, de bien vouloir prendre mon congé annuel à partir de dimanche prochain. Franching est passé au bureau pour m'inviter à dîner à son club, « Le Constitutionnel ». Craignant des désagréments à la maison, après la petite altercation de ce matin, j'ai envoyé un télégramme à Carrie pour l'avertir que je dînais en ville et qu'il ne fallait pas m'attendre. Acheté un petit bracelet en argent pour Carrie.

31 juillet – Carrie a été enchantée du bracelet, que j'ai laissé sur sa coiffeuse, avec un petit mot affectueux, hier au soir avant d'aller me coucher. Je lui ai dit que nous serions obligés de prendre nos vacances à partir de samedi prochain. Elle m'a répondu d'un air satisfait qu'elle n'y voyait aucun inconvénient, à part le temps qui était détestable, et qu'elle craignait que Miss Jibbons ne fût en mesure de lui faire une robe d'été à temps. Je dis à Carrie que sa robe beige de l'an dernier avec les rubans roses me paraissait encore très bien, mais elle m'a répondu qu'il n'en était pas question. J'allais en discuter avec elle, quand, me ressouvenant de notre petite dispute d'hier, je résolus de me taire.

Je dis à Carrie : « J'ai bien peur que cette année nous ne devions nous contenter de "ce bon vieux Broadstairs". » Non seulement Carrie a trouvé pour la première fois à redire à Broadstairs, mais elle m'a prié de laisser le genre d'expression comme « ce bon vieux » à Mr Stillbrook et aux autres gentlemen de son espèce. Comme mon bus passait devant la fenêtre, je dus sortir précipitamment de la maison sans embrasser Carrie comme à mon habitude. Je lui ai crié en partant : « Je te laisse décider ! » Le soir, en rentrant, Carrie m'apprit que, vu qu'il restait si peu de temps, elle avait finalement opté pour Broadstairs, et qu'elle avait écrit à Mrs Beck, Harbour View Terrace, pour lui demander si elle avait encore des chambres.

1er août – Commandé une nouvelle paire de pantalons chez Edwards en leur demandant de ne pas les couper trop évasés sur la chaussure. La dernière paire était si large du bas et si étroite du genou qu'on aurait dit des pantalons de marin. Le jeune Pitt qui travaille avec nous au bureau, et dont j'ai déjà eu à me plaindre, s'était écrié : « Ohé, matelot ! » en me voyant passer devant son pupitre. Carrie a commandé à Miss Jibbons une jupe Garibaldi en serge bleue et rose, que je trouve particulièrement seyante pour le bord de

Le jeune Pitt s'écriant « Ohé, matelot ! »
en me voyant passer devant son pupitre.

mer. Dans la soirée, elle s'est tricoté un petit bonnet de marin pendant que je lisais le journal. Nous avons bien ri quand j'ai voulu l'essayer, une fois terminé.

Carrie prétendait qu'avec ma barbe j'aurais fait rire tout un régiment si j'étais monté sur une scène pareillement accoutré.

2 août – Mrs Beck nous a écrit de Broadstairs pour nous dire que nous pouvions compter sur nos chambres habituelles. Voilà un souci de moins. J'ai également fait l'acquisition d'une chemise de couleur et d'une paire de souliers jaunes. Il paraît que c'est la grande mode. J'ai vu dernièrement plusieurs chefs de bureau en porter dans la City.

3 août – Une journée magnifique. Je me réjouis d'être à demain. Carrie a acheté une ombrelle d'environ un mètre cinquante de diamètre. Je lui ai dit que je trouvais ça ridicule. Mais elle m'a répondu : « Mrs James, de Sutton, en a une qui est deux fois plus grande. » Je n'ai pas insisté. Mais j'ai acheté de mon côté un superbe chapeau de paille pour porter au bord de la mer quand il fait très chaud. J'ignore comment on appelle ça, mais ça ressemble à un casque colonial, sauf que c'est en paille. Ai également acheté trois cravates, deux mouchoirs de couleur et une paire de chaussettes bleu marine chez Pope Brothers. Passé la soirée à faire les valises. Carrie m'a recommandé de ne pas oublier d'emprunter à Mr Higgsworth son télescope, qu'il me prête toujours très volontiers, sachant le soin que j'en prends. J'ai envoyé Sarah le chercher. Tout semblait aller sur des roulettes lorsque nous reçûmes à la dernière distribution du courrier une lettre de Mrs Beck disant : « Je viens de louer ma maison à toute une famille et suis désolée d'avoir à me dédire. Mais Mrs Womming, qui habite la maison d'à côté, se fera un plaisir de vous héberger ; malheureusement, elle ne pourra pas vous prendre avant lundi, car ses chambres sont louées pour tout le week-end. »

CHAPITRE VI

Arrivée inopinée de notre fils Willie Lupin Pooter.

4 août – Le facteur nous a apporté au premier courrier une lettre très gentille de notre cher fils Willie nous remerciant d'un petit présent que Carrie lui a envoyé il y a deux jours pour ses vingt ans. Mais quelle ne fut pas notre stupéfaction en le voyant débarquer d'Oldham cet après-midi même. Il nous a dit qu'il avait obtenu un congé de sa banque et que, lundi étant jour férié, il avait voulu nous faire une petite surprise.

Dimanche 5 août – Nous n'avions pas vu Willie depuis Noël, et nous sommes fiers de constater quel beau jeune homme il est devenu. On le prendrait plutôt pour le jeune frère de Carrie que pour son fils. Je n'aime néanmoins pas beaucoup le voir porter un complet à carreaux un dimanche, et je pense qu'il aurait dû nous accompagner ce matin à l'église ; mais il nous a dit que son voyage l'avait fatigué, aussi me suis-je abstenu de toute réflexion à ce sujet. Au dîner, nous avons débouché une bouteille de porto pour fêter son retour.

Nous avions à peine commencé le repas qu'il nous dit : « À propos, vous ai-je dit que j'avais laissé tomber mon premier prénom "William" pour ne garder que "Lupin" ? En fait, à Oldham, on ne me connaît que comme "Lupin Pooter". Si vous m'appeliez là-bas William, on ne saurait pas de qui vous voulez parler. »

Bien sûr, Lupin étant simplement un nom de famille, Carrie était enchantée, et elle s'est mise à nous raconter la longue histoire des Lupin. Je me suis permis de leur faire remarquer que William était un prénom qui en valait un autre, et j'ai rappelé à notre fils qu'on lui avait donné le prénom de son oncle William, homme fort respecté dans la City. Willie m'a répondu sur un ton que je n'ai guère apprécié : « Oh, je sais tout cela. Ce bon vieux Bill ! », avant de se resservir un troisième verre de porto.

Carrie, qui me reprend toujours quand je dis « ce bon vieux », n'a fait aucune réflexion à Willie lorsque celui-ci a utilisé cette expression. Je n'ai rien répondu, et me suis contenté de la fixer du regard, ce qui était bien plus éloquent que des paroles. J'ai dit : « Mon cher Willie, j'espère que tu t'entends bien avec tes collègues à la banque. » « Lupin, s'il vous plaît, m'a-t-il répondu. Quant à la banque, sachez pour votre gouverne que le directeur est un mufle, et qu'il n'y a pas un seul gentleman parmi les employés. » J'étais tellement outré que je n'ai rien pu dire, mais mon instinct m'avertit que quelque chose clochait.

Lundi 6 août – À neuf heures, ce matin, comme Lupin ne donnait aucun signe de vie, je suis allé

Lupin.

frapper à sa porte pour lui rappeler que nous prenions le petit déjeuner à huit heures et demie, et lui demander s'il en avait encore pour longtemps. Lupin me répondit qu'il avait mal dormi, d'abord à cause des trains qui avaient ébranlé la maison toute la nuit et ensuite à cause du soleil filtrant à travers le store, qui lui avait donné une migraine épouvantable. Carrie est venue lui demander s'il voulait qu'on lui monte son petit déjeuner. Il a répondu qu'il prendrait volontiers une tasse de thé, mais qu'il ne voulait rien manger.

À une heure et demie, Lupin n'étant toujours pas descendu, je suis remonté pour lui dire que nous déjeunions à deux heures. Il n'est descendu qu'à trois heures moins le quart. « Nous ne t'avons pas beaucoup vu, lui ai-je dit, et tu dois rentrer par le train de cinq heures et demie. Tu devras donc partir dans une heure, à moins que tu ne prennes le train de nuit. » « Autant que vous le sachiez tout de suite, nous a-t-il répondu, j'ai donné ma démission à la banque. »

Pendant un moment je suis resté sans voix. Quand la parole m'est revenue, je lui ai dit : « Comment as-tu pu faire une chose pareille ? Comment as-tu osé prendre une décision aussi sérieuse sans m'avoir consulté ? Ne me réponds pas, si tu ne veux pas aggraver ton cas. Tu vas t'asseoir immédiatement et rédiger sous ma dictée une lettre de rétractation et d'excuse pour avoir agi avec autant de légèreté. »

Imaginez ma stupeur quand il m'a répondu en s'esclaffant : « C'est inutile. Si vous voulez savoir la vérité toute nue, on m'a flanqué à la porte. »

7 août – Mr Perkupp m'a autorisé à retarder mes vacances d'une semaine, vu que nous n'avons pas pu avoir de chambre. Cela me permettra aussi d'essayer d'obtenir un rendez-vous pour Willie avant notre départ. Mon vœu le plus cher serait de le faire entrer dans la firme de Mr Perkupp.

11 août – Quoique le renvoi de Lupin soit une chose sérieuse, c'est toutefois une consolation de savoir qu'il a été renvoyé de la banque simplement parce qu'« il ne s'intéressait pas suffisamment à son travail et qu'il arrivait toujours avec une heure (et parfois même deux) de retard ». Nous pouvons tous partir lundi pour Broadstairs d'un cœur plus serein. Cela me fera oublier ces quelques jours pénibles passés en correspondance inutile avec le directeur de la banque d'Oldham.

13 août – Hourra, nous voilà à Broadstairs ! Nous avons de très jolies chambres près de la gare. Sur la promenade, elles auraient coûté le double. Notre logeuse nous avait préparé un excellent goûter que nous avons beaucoup apprécié, à l'exception de Lupin qui s'est plaint de ce qu'il y avait une mouche dans le beurre. La soirée étant pluvieuse, nous en avons profité pour nous coucher de bonne heure. Lupin a dit qu'il resterait lire au salon.

14 août – J'ai été un peu contrarié d'apprendre que Lupin, au lieu d'avoir passé la soirée à lire, avait assisté à un spectacle de variétés assez vulgaire qui avait lieu à la salle des fêtes. Je lui ai remontré que de telles représentations étaient indignes d'une clientèle honorable, mais il m'a rétorqué : « Oh, c'était seulement pour un soir. J'avais un peu le cafard, et j'ai pensé que ça me changerait les idées d'aller voir Polly Presswell, l'étoile montante du music-hall anglais. » Je lui ai dit que je n'en avais jamais entendu parler et que j'en étais fier. Carrie a ajouté : « Ne sois donc pas toujours après Lupin. Il est assez grand pour savoir ce qu'il fait et n'oublie jamais qu'il est un gentleman. Et rappelle-toi que toi aussi tu as été jeune. » Il a plu toute la journée, mais Lupin est quand même sorti.

15 août – Le temps s'étant un peu éclairci, nous avons pris le train pour aller à Margate, et la première personne que nous avons croisée sur la jetée fut Gowing. « Hello ! lui dis-je, je croyais que vous étiez allé à Barmouth avec vos amis de Birmingham. » « J'aurais dû en effet, mais le jeune Peter Lawrence était si malade qu'ils ont dû annuler leur visite, alors je suis venu ici. Vous savez que les Cummings sont là aussi ? » « Oh, c'est épatant ! s'écria Carrie. Il faudra qu'on passe quelques soirées à jouer ensemble. »

Je lui ai présenté Lupin en disant : « Vous serez heureux d'apprendre que nous avons notre cher garçon à la maison ! » « Comment ! Vous ne voulez pas dire qu'il a quitté la banque ? »

J'ai aussitôt changé de sujet afin d'éviter certaines questions embarrassantes que Gowing a toujours le chic pour poser.

16 août – Lupin a carrément refusé de se promener avec moi le long de l'Esplanade, sous prétexte que je portais mon nouveau chapeau de paille colonial avec ma redingote. Décidément, je ne reconnais plus mon fils.

17 août – Lupin ayant d'autres projets pour la journée, Carrie et moi sommes allés faire un tour en mer. J'étais soulagé de me retrouver seul avec elle, car lorsque Lupin m'irrite, elle prend toujours son parti. À notre retour, il nous a dit : « Oh, vous avez été sur les montagnes russes, à ce que je vois. La prochaine fois, allez sur l'"arrache-tripes". » J'ai cru qu'il parlait d'un tricycle, mais j'ai feint d'ignorer ce qu'il voulait dire.

18 août – Gowing et Cummings sont venus nous trouver afin d'arranger une soirée à Margate. Comme il pleuvait, Gowing a demandé à Cummings de l'accompagner jusqu'à son hôtel afin de faire une partie de billard avec lui, sachant que je ne joue pas et qu'en plus je désapprouve ce jeu. Cummings a répondu qu'il était pressé de rentrer à Margate. Sur quoi Lupin s'est écrié, à mon grand effroi : « Je vous fais un cent, Gowing ! Un tour de tapis avant dîner me mettra en appétit. » « Peut-être que Mr Gowing n'a pas l'habitude de jouer avec des gamins », lui ai-je dit. À quoi Gowing a répondu : « Pourquoi pas, s'ils savent jouer ? » Et ils sont partis ensemble.

Dimanche 19 août – Je me préparais à chapitrer Lupin sur les méfaits du tabac (dont il fait un grand abus) et du billard, lorsqu'il mit son chapeau sur la tête et sortit. Carrie m'a ensuite longuement sermonné sur l'inopportunité de traiter Lupin comme s'il était encore un enfant. J'ai bien senti qu'elle n'avait pas tout à fait tort, aussi dans la soirée ai-je offert un cigare à notre fils. Il a semblé content, mais après avoir tiré quelques bouffées, il m'a dit : « Prenez plutôt un des miens » et il m'a tendu un cigare aussi long que fort, ce qui n'était pas peu dire.

« Lupin a carrément refusé de se promener avec moi le long de l'Esplanade, sous prétexte que je portais mon nouveau chapeau de paille colonial avec ma redingote. »

20 août – Je suis heureux qu'il ait fait beau pour notre dernière journée au bord de la mer, bien que le ciel ait été un peu couvert. Nous sommes allés passer la soirée chez les Cummings à Margate, et comme il faisait un peu frais nous sommes restés à l'intérieur où nous avons joué à des jeux de société. Bien sûr, Gowing n'a pas pu s'empêcher de faire le pitre. Il nous a proposé une partie de « Côtelettes », jeu dont nous n'avions jamais entendu parler. Il s'est assis sur une chaise et a demandé à Carrie de s'asseoir sur ses genoux, invitation qu'elle a fort justement déclinée.

Après avoir argumenté un moment, c'est moi qui finalement me suis assis sur les genoux de Gowing, et Carrie s'est assise sur les miens. Lupin s'est assis à son tour sur ceux de Carrie, puis Cummings sur ceux de Lupin et Mrs Cummings sur ceux de son mari. Nous avions tous l'air parfaitement ridicules, ce qui nous a bien fait rire.

Nous jouons à un jeu intitulé « Côtelettes ».
Lorsque nous nous fûmes tous assis sur les genoux les uns des autres, Gowing demanda : « Croyez-vous à l'existence du Grand Mogol ? »

Gowing a alors demandé : « Croyez-vous à l'existence du Grand Mogol ? » Nous devions répondre d'une même voix : « Oui, oh, oui ! » (trois fois). « Moi aussi », a dit Gowing, puis il s'est brusquement levé. Cette plaisanterie stupide a eu pour résultat que nous sommes tous tombés par terre, et que cette pauvre Carrie s'est heurté la tête contre le coin du pare-feu. Mrs Cummings a tout de suite mis un peu de vinaigre sur sa blessure ; mais à cause de cela nous avons raté le dernier train, et nous avons dû prendre un taxi pour rentrer, ce qui m'a coûté sept shillings et six pence.

« Moi aussi », a répondu Gowing, puis il s'est brusquement levé.

CHAPITRE VII

Retour à la maison. Influence de Mrs James sur Carrie.
Je ne trouve rien pour Lupin. Nous avons maille à partir avec nos voisins. Quelqu'un a touché à mon journal. Je trouve une place pour Lupin. Lupin nous fait une déclaration qui nous sidère.

22 août – Rien ne vaut son chez-soi ! Carrie a acheté de jolis napperons en laine bleue pour mettre sous les vases. Fripps, James & Co. s'excusent de n'avoir pas de place pour Lupin parmi leur personnel.

23 août – J'ai acheté une paire de têtes de cerf en plâtre marron qui iront très bien dans notre petit vestibule. On ne croirait pas du tout à une imitation. Poolers & Smith n'ont rien pour Lupin.

24 août – Pour faire plaisir à Lupin et le distraire un peu, vu qu'il a l'air un peu déprimé, Carrie a invité Mrs James, de Sutton, à venir passer deux ou trois jours avec nous. Nous n'avons encore rien dit à Lupin car nous voulons lui faire la surprise.

25 août – Mrs James, de Sutton, est arrivée cet après-midi avec un énorme bouquet de fleurs des champs. Plus je vois Mrs James et plus je la trouve agréable, outre qu'elle est très dévouée à Carrie. Elle est allée dans la chambre de Carrie pour ôter sa capote et elles sont restées toutes les deux à parler chiffons pendant près d'une heure. Lupin a déclaré qu'il n'était pas du tout surpris de la *visite* de Mrs James, mais qu'il était surpris de la voir *elle*.

Dimanche 26 août – Avons failli arriver en retard à l'église, Mrs James ayant passé la matinée à se demander ce qu'elle allait se mettre. Lupin n'a pas

Je suspends au mur une tête de cerf en plâtre.

l'air de très bien s'entendre avec Mrs James. J'ai peur que nous n'ayons maille à partir avec nos nouveaux voisins qui ont emménagé mercredi dernier. Plusieurs de leurs amis, qui conduisent des charrettes anglaises, se sont déjà montrés désagréables.

Il y a un soir ou deux, comme je faisais le tour de la maison, les pouces dans les poches de mon gilet, selon mon habitude, un homme, assis dans une de ces carrioles et qui avait l'air d'un Américain, se mit à fredonner une chansonnette assez vulgaire commençant par ces mots : « J'avais treize dollars dans la poche de mon gilet. » J'ai pensé que ces paroles m'étaient destinées, et j'eus bientôt la confirmation de mes soupçons : car, tandis que je me promenais cet après-midi dans le jardin, quelqu'un envoya un pétard qui explosa sur mon chapeau. Je me retournai aussitôt et suis certain d'avoir vu l'homme qui se pavanait dans la voiture l'autre jour s'éloigner de la fenêtre d'une des chambres à coucher.

27 août – Carrie et Mrs James sont allées faire des courses et n'étaient pas rentrées à mon retour du bureau. À en juger par la conversation qui a suivi, j'ai bien peur que Mrs James ne farcisse le crâne de Carrie d'un tas de bêtises concernant la toilette. J'ai fait un saut jusque chez Gowing pour le prier de passer ce soir, histoire de manger un morceau avec nous.

Carrie avait préparé un petit repas improvisé composé d'un reste de gigot froid, d'une tranche de saumon (que je devais refuser au cas où il n'y en aurait pas eu assez pour tous), de blanc-manger et de crème pour le dessert. Il y avait aussi une carafe de porto et des gâteaux fourrés à la confiture sur la desserte. Mrs James nous a appris un jeu de cartes, appelé « Muggings », que pour ma part j'ai trouvé très intéressant. À ma grande surprise, Lupin s'est levé au milieu de la partie en déclarant d'un ton sarcastique : « Excusez-moi, mais ce genre de jeu est trop cérébral pour ma petite cervelle. Je préfère aller jouer tranquillement aux billes dans le jardin. »

Les choses auraient pu prendre une tournure assez désagréable si Gowing, qui semble avoir pris Lupin en sympathie, n'avait pas proposé que nous inventions des jeux. Lupin a aussitôt renchéri : « Oui, c'est ça, jouons aux "singes". » Il a ensuite pris Gowing par la main et l'a conduit devant le miroir. J'avoue que ça m'a fait bien rire. J'ai été, en revanche, un peu vexé de les voir tous rire d'une plaisanterie qu'ils n'ont pas voulu m'expliquer, et c'est seulement en allant me coucher que j'ai découvert que j'avais passé toute la soirée avec une têtière accrochée à l'un des boutons de ma queue-de-pie.

28 août – Trouvé ce matin une grosse brique au milieu d'une bordure de géraniums. Je soupçonne les voisins. Pattles & Pattles n'ont rien pour Lupin.

29 août – Mrs James est en train de ridiculiser Carrie. Celle-ci est apparue dans une nouvelle robe brodée de smocks. Il paraît que les smocks font fureur en ce moment. En tout cas ils me rendent furieux. Elle portait également un chapeau semblable à un seau à charbon. Mrs James est enfin repartie, pour notre plus grand soulagement à Lupin et à moi. C'est la première fois depuis son retour que nous sommes d'accord sur quelque chose, lui et moi. Merkins & Son écrivent qu'ils n'ont pas de place pour Lupin.

30 octobre – J'aimerais bien savoir quelle est la personne qui a délibérément arraché les cinq ou six dernières semaines de mon journal. C'est parfaitement monstrueux ! C'est un grand cahier gris avec suffisamment de place pour y inscrire consciencieusement les événements de chaque journée, ce dont je suis très fier.

J'ai demandé à Carrie si elle était au courant de quelque chose. Elle m'a répondu que c'était ma faute, que je n'aurais pas dû laisser traîner mon journal, avec la femme de ménage qui vient trois fois par semaine et les ramoneurs que nous avons pour le moment à la maison. Je lui ai rétorqué qu'elle n'avait pas répondu à ma question. Cette repartie, dont j'étais très fier, eût été plus efficace si je n'avais pas renversé du coude un vase posé sur un guéridon qu'on avait placé momentanément dans le passage.

Carrie a été extrêmement contrariée par cet incident, car ce vase faisait partie d'un ensemble de deux vases qu'on ne peut plus réassortir, et qui nous avait été offert comme cadeau de mariage par Mrs Burtsett, une vieille amie des cousins de Carrie, les Pommerton, anciennement domiciliés à Dalston. J'ai appelé Sarah et je l'ai interrogée au sujet du journal. Elle m'a répondu qu'elle n'avait pas mis les pieds au salon. Après le départ des ramoneurs, Mrs Birrell (la femme de ménage) avait balayé la pièce et allumé elle-même le feu. Ayant trouvé un bout de papier brûlé dans la cheminée, et l'ayant examiné, j'ai constaté qu'il s'agissait bien d'un morceau de mon journal. Il est évident que quelqu'un a déchiré mon journal pour allumer le feu. J'ai demandé qu'on m'envoie demain Mrs Birrell.

31 octobre – Reçu une lettre de notre directeur, Mr Perkupp, m'annonçant qu'il pense avoir trouvé enfin quelque chose pour notre cher Lupin. Cela me console dans une certaine mesure de la perte d'une partie de mon journal. Car je dois avouer que ces dernières semaines ont été consacrées à la quête infructueuse d'un emploi pour Lupin. Mrs Birrell m'a affirmé qu'elle n'avait vu aucun livre et que de toute façon elle ne se serait jamais permis d'y toucher.

Je lui ai dit que j'étais résolu à tirer cette affaire au clair, et elle m'a répondu qu'elle ferait tout son possible pour m'aider. Elle s'est toutefois souvenue d'avoir vu le ramoneur allumer le feu avec une feuille de l'*Écho*. J'ai demandé à voir le ramoneur demain. Je regrette que Carrie ait donné un trousseau de clefs à Lupin. Désormais, nous ne le voyons presque plus jamais. Je l'ai attendu hier soir jusqu'à passé une heure du matin, et ensuite je me suis retiré, les traits tirés.

1er novembre – Ma trouvaille d'hier, « retiré, les traits tirés », que je n'avais pas remarquée sur le moment, est plutôt drôle. Si je n'étais pas si préoccupé, je pourrais en tirer une petite plaisanterie. Le ramoneur est passé, et il a eu le toupet de sonner à la porte d'entrée et de déposer son sac de suie sur les marches.

Mr Perkupp.

Il a toutefois été si poli que je n'ai pas eu le courage de le réprimander. Il a dit que c'était Sarah qui avait allumé le feu. Par malheur, Sarah, qui était en train d'épousseter la rampe d'escalier, a entendu ces paroles. Elle a dévalé l'escalier et s'est mise à faire un esclandre sur le pas de la porte, dont je me serais bien passé. Je l'ai aussitôt renvoyée à ses affaires, et j'ai dit au ramoneur que j'étais navré de l'avoir dérangé. Ce qui était la pure vérité, car le perron était tout noir de suie, à cause de sa visite. Je donnerais bien dix shillings pour savoir qui a déchiré mon journal.

2 novembre – J'ai passé tranquillement la soirée avec Carrie, dont la compagnie m'est toujours agréable. Nous avons eu une très intéressante discussion sur la question : « Le mariage est-il voué à l'échec ? » à propos d'un article paru dans le journal. Dans notre cas on devrait plutôt dire que ç'a été une réussite. Comme nous évoquions nos souvenirs, nous n'avons pas vu le temps passer. Nous avons été surpris d'entendre claquer la porte. C'était Lupin qui entrait. Il était plus de minuit. Il n'a pas cherché à éteindre la lumière dans le corridor, ni même à jeter un coup d'œil dans la pièce où nous étions. Il est monté immédiatement dans sa chambre en faisant un vacarme de tous les diables. Je l'ai prié de descendre un instant, mais il m'a répondu qu'il était « recru de fatigue », observation qui cadrait difficilement avec le fait qu'un quart d'heure plus tard nous l'entendions danser la polka dans sa chambre, ou quelque autre danse tout aussi idiote.

3 novembre – Enfin une bonne nouvelle ! Mr Perkupp a fixé un rendez-vous à Lupin pour lundi. Me voilà soulagé ! Je me suis précipité dans la chambre de

Lupin dit : « Je vais me marier. »

Lupin pour lui annoncer la bonne nouvelle, mais il était au lit, avec la gueule de bois, d'après ce que j'ai pu en juger, et j'ai donc décidé d'attendre jusqu'à ce soir.

Il m'a dit qu'il avait été élu hier soir membre d'un club d'amateurs d'art dramatique, intitulé « Les Comédiens de Holloway », et que bien qu'il eût passé une excellente soirée, il avait attrapé une névralgie faciale à cause d'un courant d'air. Il a refusé son petit déjeuner et je l'ai quitté.

Dans la soirée, j'ai ouvert une bouteille spéciale de porto, et, comme Lupin n'avait pas l'air de comprendre, je lui ai dit en remplissant nos verres : « Lupin, mon garçon, j'ai une bonne nouvelle pour toi. Mr Perkupp t'a accordé un entretien ! » « À la bonne heure ! » a répliqué Lupin, et nous avons vidé nos verres. Puis il a ajouté : « Vous pouvez remplir à nouveau les verres, car moi aussi j'ai une bonne nouvelle à vous annoncer. » J'avais quelques appréhensions et Carrie aussi, car elle a dit : « J'espère qu'il s'agit vraiment d'une bonne nouvelle. » « Oh, oui ! s'est exclamé Lupin. Je vais me marier ! »

CHAPITRE VIII

Daisy Mutlar devient notre unique sujet de conversation. Lupin a un nouvel emploi. Feux d'artifice chez les Cummings. « Les Comédiens de Holloway ». Sarah se dispute avec la femme de ménage. Lupin intervient mal à propos. Je fais la connaissance de Daisy Mutlar. Nous décidons de donner une petite réception en son honneur.

Dimanche 5 novembre – Carrie et moi nous nous faisons du souci au sujet de notre galopin de fils, Lupin, qui s'est mis en tête de se marier sans même nous avoir consultés. Après dîner, il nous a tout raconté. Il nous a appris que sa fiancée s'appelait Daisy Mutlar, et que c'était la jeune fille la plus douce, la plus jolie et la plus accomplie qu'il eût jamais rencontrée. Il en est tombé amoureux dès qu'il l'a vue, et il est prêt à attendre cinquante ans s'il le faut pour obtenir sa main. Il ne doute pas que de son côté elle soit prête à en faire autant.

Il a même ajouté avec beaucoup de chaleur que le monde lui paraissait différent depuis qu'il connaissait cette jeune fille. Il a désormais un but dans la vie, lequel est de faire de Daisy Mutlar Daisy Pooter, et il nous a garanti qu'elle ferait honneur au nom des Pooter. Carrie a alors éclaté en sanglots et s'est jetée à son cou, en renversant par là même sur ses nouveaux pantalons clairs le verre de porto qu'il tenait à la main.

J'ai dit à Lupin que nous serions ravis de faire la connaissance de Miss Mutlar, mais Carrie a ajouté qu'elle l'aimait déjà. J'ai trouvé cela un peu prématuré, mais je me suis bien gardé de le dire. Daisy Mutlar a été notre unique sujet de conversation le restant de la journée. J'ai demandé à Lupin des renseignements sur la famille de cette jeune fille, et il m'a répondu : « Oh, vous connaissez bien Mutlar, Williams & Watts. » Je l'ignorais, mais je me suis abstenu pour le moment de poser d'autres questions, de peur d'irriter Lupin.

6 novembre – Lupin m'a accompagné au bureau, où il a eu un long entretien avec notre directeur, Mr Perkupp, à la suite duquel il a accepté un poste d'employé dans la firme de Job Cleanands & Co., agents de change. Lupin m'a confié en privé qu'il s'agissait d'une agence de publicité, dont il ne pensait pas grand bien. Je lui ai répondu que quand on n'est pas en mesure de choisir il faut bien se contenter de ce qu'on vous offre. Je dois rendre cette justice à Lupin qu'il n'était pas très fier de lui.

Dans la soirée, nous sommes allés tirer des feux d'artifice chez les Cummings. Malheureusement, il s'est mis à pleuvoir et j'ai trouvé cela plutôt ennuyeux. Comme l'un de mes pétards refusait d'exploser, Gowing me dit : « Frottez-le sur votre semelle, et ça explosera. » J'ai suivi son conseil ; j'ai frappé quelques coups sur le bout de ma chaussure, et le pétard a finalement explosé, non sans m'avoir brûlé assez sérieusement les doigts. J'ai donné le reste des pétards au petit garçon des Cummings.

Autre incident fâcheux, qui attira sur ma tête un tombereau d'invectives. Cummings avait attaché une grande roue à un pieu fiché dans le sol en guise de feu d'artifice final. Il en était très fier, disant qu'elle lui avait coûté sept shillings. On eut quelque peine à l'allumer, puis, après deux ou trois révolutions assez lentes, la roue s'est arrêtée. J'avais ma canne avec moi, aussi lui ai-je donné une petite pichenette pour la faire repartir ; mais malheureusement elle tomba du pieu sur la pelouse. À la façon dont tout le monde m'invectiva, on aurait dit que j'avais mis le feu à la maison. On ne m'y reprendra plus, c'est bien la dernière fois que je manie des feux d'artifice. C'est une perte ridicule de temps et d'argent.

7 novembre – Lupin a demandé à Carrie de rendre visite à Mrs Mutlar, mais Carrie a répondu que c'était à Mrs Mutlar de lui rendre visite la première. J'ai donné raison à Carrie, ce qui, naturellement, a provoqué une discussion. Quoi qu'il en soit, Carrie a réglé la question en déclarant que nous n'avions plus de cartes de visite, et que lorsque nous en aurions fait imprimer d'autres, il serait toujours temps de résoudre ces problèmes d'étiquette.

8 novembre – J'ai commandé de nouvelles cartes de visite chez Black, le papetier : vingt-cinq de chaque, ce qui devrait nous durer un certain temps. Dans la soirée, Lupin nous a présenté Frank Mutlar, le frère de Miss Mutlar. C'est un jeune homme d'allure assez dégingandée qui, d'après Lupin, est le meilleur et le plus populaire comédien amateur de leur club, « Les Comédiens de Holloway ». Lupin nous a murmuré à l'oreille que si nous arrivions à le faire parler, il nous ferait rire aux larmes.

Durant le souper, le jeune Mutlar fit deux ou trois tours très amusants. Il prit un couteau, en frotta la lame contre sa joue et en tira une musique merveilleuse. Il contrefit également un vieil homme édenté en train de fumer un gros cigare. Il avait une façon de laisser tomber son cigare que Carrie trouvait irrésistible.

Le nom de Daisy ayant été mentionné dans le cours de la conversation, le jeune Mutlar nous a dit qu'il nous amènerait sa sœur un de ces soirs – leurs parents étant un peu vieux jeu et n'aimant guère sortir. Carrie a répondu que nous ferions une petite réception pour la circonstance. Comme le jeune Mutlar ne semblait pas pressé de partir, et qu'on approchait des onze heures, je me suis permis de rappeler à Lupin que le lendemain il devait se lever de bonne heure. Au lieu de saisir l'allusion, Mutlar s'est lancé dans une nouvelle série d'imitations comiques. Cela a duré une bonne heure, sans discontinuer. La pauvre Carrie avait peine à garder les yeux ouverts. À la fin, elle s'est excusée et nous a dit bonsoir.

Mutlar s'est alors levé, et je l'ai entendu chuchoter à l'oreille de Lupin quelque chose au sujet des « Comédiens de Holloway ». Et bien qu'il fût plus de minuit, Lupin a enfilé son pardessus, coiffé son chapeau et est sorti avec son nouveau compagnon.

9 novembre – Mes efforts pour découvrir qui a arraché les pages de mon journal sont toujours infructueux. Lupin ne pense qu'à Daisy Mutlar, aussi nous ne le voyons presque plus, sauf aux heures des repas, qu'il ne manque jamais. Cummings est passé dans la soirée.

10 novembre – Lupin a l'air de bien aimer son nouveau travail – ce qui est un réconfort. Daisy Mutlar a été le seul sujet de conversation durant le thé. Carrie est presque aussi enthousiaste que Lupin. Ce dernier m'apprend, à mon grand regret, qu'on l'a persuadé de participer au prochain spectacle des « Comédiens de Holloway », une farce intitulée *Parti chez mon oncle*, dans laquelle il doit jouer le rôle de Bob Britches, et Frank Mutlar celui du vieux Musty. Je ne me suis pas gêné pour dire à Lupin que ce genre d'activités ne m'intéressait nullement, et que je désapprouvais totalement les représentations théâtrales d'amateurs. Gowing est passé dans la soirée.

11 novembre – Rentré du bureau et trouvé la maison sens dessus dessous. Carrie, l'air catastrophé, se tenait devant la porte de notre chambre à coucher, tandis que Sarah pleurait toutes les larmes de son corps. Mrs Birrell, la femme de ménage, qui visiblement avait bu, criait à tue-tête qu'elle n'était pas une « voleuse », mais une femme respectable qui devait travailler dur pour gagner sa vie, et qu'elle était prête à gifler quiconque se permettrait de rapporter des mensonges sur son compte. Lupin, qui me tournait le dos, ne m'a pas entendu entrer. Il se tenait entre les deux femmes, et je dois reconnaître, à mon grand regret, que dans sa tentative de conciliation, il s'est servi d'un langage peu châtié en présence de sa mère. Je suis arrivé juste au moment où il disait : « Et tout ça pour quelques pages déchirées d'un misérable cahier dont on ne donnerait pas deux sous aux puces ! » Je lui ai répondu calmement : « Excuse-moi, Lupin, mais c'est une question d'opinion ; et tant que je serai le maître de cette maison, tu voudras bien me laisser juge de ce qui est important ou non. »

J'ai ainsi appris que la cause de la dispute provenait de ce que Sarah avait accusé Mrs Birrell d'avoir déchiré les pages de mon journal pour emballer des restes de cuisine qu'elle avait emportés chez elle la semaine dernière. Mrs Birrell avait alors giflé Sarah en affirmant qu'elle n'avait rien emporté du tout, vu qu'il n'y avait « jamais de restes ». J'ai ordonné à Sarah de retourner à son travail, et j'ai prié Mrs Birrell de rentrer chez elle. Quand je suis entré au salon, Lupin battait des pieds en hurlant de rire.

Dimanche 12 novembre – En rentrant de l'église, Carrie et moi avons rencontré Lupin, Daisy Mutlar et son frère. Daisy nous a été présentée et nous avons regagné tous ensemble la maison, Carrie marchant devant avec Miss Mutlar. Nous les avons fait entrer un moment, ce qui m'a permis de bien examiner ma future belle-fille. Mon cœur s'est serré, je dois dire. C'est une grande femme, assez forte, qui doit bien avoir huit ans de plus que Lupin. Je ne l'ai même pas trouvée jolie. Carrie lui a demandé si elle voulait bien venir mercredi prochain avec son frère pour rencontrer quelques-uns de nos amis. Elle a répondu qu'elle en serait ravie.

Daisy Mutlar.

13 novembre – Carrie a envoyé des invitations à Gowing, aux Cummings, à Mr et Mrs James (de Sutton), ainsi qu'à Mr Stillbrook. J'ai également écrit à Mr Franching, de Peckham. Carrie a pensé que nous pourrions mettre les petits plats dans les grands, et pourquoi pas inviter Mr Perkupp, notre directeur. Moi : « Je crains que nous ne soyons pas assez bien pour lui. » Elle : « Il n'y a aucun mal à le lui proposer. » Moi : « Aucun, en effet. » J'ai donc écrit une lettre à Mr Perkupp. Carrie m'a avoué qu'elle était un peu déçue par l'aspect physique de Daisy Mutlar, mais que dans l'ensemble elle la trouvait assez gentille.

14 novembre – Jusqu'ici tout le monde a accepté de se rendre demain à notre petite réception. Mr Perkupp m'a écrit dans une très aimable lettre – que je conserverai – qu'il dînait à Kensington, mais que s'il arrivait à se libérer, il serait heureux de venir passer une heure à Holloway. Carrie a été occupée toute la journée à préparer des petits gâteaux et à ouvrir des pots de gelée et de confiture. Elle se sent un peu effrayée à l'idée de recevoir autant de monde demain soir. Nous avons décidé de mettre sur la table des choses légères telles que sandwichs, poulet froid, jambon et autres douceurs, et il y aura sur la desserte une pièce de rosbif froid et de la langue de bœuf pour les gros appétits.

Gowing est passé demander s'il devait mettre sa queue-de-pie demain. Carrie lui a répondu qu'il ferait bien de se mettre sur son trente et un, vu qu'il y aura Mr Franching et que Mr Perkupp risquait lui aussi de nous faire l'honneur de sa visite.

Gowing a dit : « Oh, c'était seulement pour savoir, car ça fait un moment que je n'ai plus porté ma redingote, et je devrais la donner à nettoyer. »

Lupin est entré après le départ de Gowing, et dans son désir de plaire à Daisy Mutlar, il s'est mis à tout critiquer. Il nous a même reproché d'inviter notre vieil ami Cummings, qui, dit-il, aura l'air d'un épicier endimanché engagé pour assurer le service, et qui ne devra pas être surpris si Daisy le prend pour tel.

J'ai failli me mettre en colère. Je lui ai dit : « Lupin, permets-moi de te dire que Miss Daisy Mutlar n'est pas la reine d'Angleterre. Je croyais que tu aurais assez de bon sens pour ne pas te fiancer à une femme qui est considérablement plus âgée que toi. Je te conseille maintenant de songer à gagner ta vie avant de lier ton sort à une femme que tu devras entretenir, tout comme, selon toute probabilité, son frère, qui m'a tout l'air d'être un pique-assiette doublé d'un propre-à-rien. »

Au lieu de prendre ce conseil en bonne part, Lupin a sauté sur sa chaise en s'écriant : « Si vous insultez la personne à laquelle je suis fiancé, c'est comme si vous m'insultiez moi-même ! Je vais donc quitter cette maison sur-le-champ et n'y plus remettre les pieds. »

Puis il est sorti en claquant la porte. Mais ce n'était pas bien grave. Il est rentré pour dîner et nous avons joué au bésigue jusqu'à près de minuit.

CHAPITRE IX

Notre première réception importante. Vieux amis et nouveaux amis. Gowing ne peut s'empêcher de faire des siennes. Mais son ami, Mr Stillbrook, se révèle un convive des plus amusants. Arrivée inopportune de Mr Perkupp. Il se montre néanmoins très aimable et très élogieux, et la réception est un grand succès.

15 novembre. Jour à marquer d'une pierre blanche. – Notre première réception importante depuis que nous sommes dans cette maison. Je suis rentré de bonne heure de la City. Lupin a insisté pour que nous engagions les services d'un garçon, et il a offert une demi-douzaine de bouteilles de champagne. J'estime pour ma part que c'est une dépense inutile, mais Lupin m'assure qu'il a eu un coup de chance et qu'il a gagné trois livres dans une négociation privée dans la City. J'espère au moins qu'il ne va pas se mettre à jouer dans sa nouvelle situation. La salle à manger était si joliment décorée que Carrie s'est exclamée : « Mr Perkupp peut nous faire l'honneur de sa visite, nous n'aurons pas à avoir honte ! »

Je me suis habillé de bonne heure, au cas où les gens arriveraient ponctuellement à huit heures, et j'ai été contrarié de voir que mes nouveaux pantalons rayés étaient beaucoup trop courts. Lupin, qui a comme toujours la folie des grandeurs, estime que j'aurais dû porter des souliers vernis à la place de mes souliers ordinaires.

Je lui ai répondu d'un ton sarcastique : « Mon cher garçon, à mon âge on est au-dessus de ce genre de choses. »

Lupin a éclaté de rire et a répondu : « Mieux vaut être au-dessus de ses pompes qu'à côté, en effet ! »

Je laisse à décider si la chose est comique ou non ; en tout cas j'ai été soulagé de constater qu'il n'avait pas remarqué qu'un de mes boutons de manchette avait perdu son corail. Carrie était belle comme une image. Elle portait la robe qu'elle avait mise pour le bal de la Mansion House. La décoration du salon était également très réussie. Carrie avait suspendu des rideaux de mousseline au-dessus des portes à glissière, ainsi qu'au-dessus d'une des portes d'entrée que nous avions sortie de ses gonds.

Mr Peters, le garçon que nous avons engagé, est arrivé à l'heure, et je lui ai bien recommandé de ne pas déboucher de bouteille de champagne avant que la précédente ne soit terminée. Carrie avait fait placer une bouteille de porto et une bouteille de sherry avec des verres sur la desserte du salon. À propos, nos nouvelles photographies agrandies et teintées font très bien sur les murs, d'autant plus que Carrie a eu l'excellente idée d'attacher des nœuds de soie aux extrémités de chaque cadre.

Le premier arrivé fut Gowing qui, avec son tact habituel, m'a salué par ces mots : « Hello, Pooter, vos pantalons sont trop courts ! »

Je lui ai répondu simplement : « Sans doute, et si vous insistez, il n'y a pas que mes pantalons que vous trouverez courts, ma patience risque bien aussi de l'être. » « Ce n'est pas ça qui les rallongera, m'a-t-il répliqué. Vous devriez demander à votre femme d'y ajouter un volant. »

Je me demande bien pourquoi je perds mon temps à noter ce genre d'inepties dans mon journal.

Les prochains arrivants furent Mr et Mrs Cummings.

Celui-ci me dit : « Comme vous n'aviez rien spécifié au sujet de la tenue, je suis venu "à moitié habillé", comme vous voyez. » Il avait en effet une redingote noire et une cravate blanche. Les James, Mr Merton et Mr Stillbrook arrivèrent ensuite. Mais Lupin s'est montré insupportable jusqu'à l'arrivée de sa Daisy et de Frank Mutlar.

Carrie et moi avons été quelque peu choqués par l'apparence de Daisy. Elle portait une robe écarlate très décolletée. Je trouve pour ma part cette tenue immodeste. Elle aurait dû prendre exemple sur Carrie et couvrir ses épaules d'un voile de dentelle. Mr Nackles, Mr Sprice-Hogg et ses quatre filles sont ensuite arrivés, ainsi que Franching et trois ou quatre nouveaux amis de Lupin, membres des « Comédiens de Holloway ». Certains d'entre eux avaient des manières très théâtrales, et il y en eut un notamment qui prit la pose toute la soirée. Il a même cassé notre petit guéridon à force de s'appuyer dessus. Lupin l'appelait « notre cher Henry », disant qu'il était aussi bon dans la comédie de genre que Frank Mutlar dans le vaudeville. Tout ça, pour moi, c'est du chinois.

Nous eûmes ensuite un peu de musique, et Lupin, qui ne quittait pas Daisy d'une semelle, a insisté pour qu'elle chante une chanson intitulée « Some Day ». La chanson paraissait assez mélodieuse, mais elle faisait de telles grimaces et chantait à mon avis si faux, que pour rien au monde je ne lui aurais demandé de rechanter. Mais Lupin lui a redemandé de chanter quatre chansons d'affilée.

À dix heures, nous sommes passés à table, et à la façon dont Gowing et Cummings se sont empiffrés, on aurait dit qu'ils n'avaient rien avalé depuis un mois. J'ai dit à Carrie de mettre quelque chose de côté au cas où Mr Perkupp viendrait par hasard. Gowing m'a fort agacé en se remplissant une pleine coupe de champagne qu'il a vidée d'un trait. Puis il a recommencé, et j'ai cru un moment que notre demi-douzaine de bouteilles de champagne ne suffirait pas. J'ai voulu mettre une bouteille de côté, mais Lupin s'en est aussitôt emparé pour la boire à la petite table avec Daisy et Frank Mutlar.

Nous sommes montés au premier, et les jeunes gens se sont mis à faire des farces. Carrie y a mis tout de suite le holà. Stillbrook nous a régalés d'une chanson intitulée : « Qu'avez-vous fait avec votre cousin John ? » Je n'avais pas remarqué que pendant ce temps-là Lupin et Frank avaient disparu. Je demandai à Mr Watson, l'un des comédiens de Holloway, où ils étaient passés, et il me répondit : « Chut ! C'est une surprise ! »

On nous enjoignit de former un cercle, ce que nous fîmes, et Watson annonça alors : « Mesdames et messieurs, j'ai le très grand plaisir de vous présenter le célèbre âne Blondin. » Frank et Lupin firent ensuite irruption dans la pièce. Lupin s'était enfariné le visage comme un clown, et Frank s'était noué une carpette autour de la taille. Il était censé être l'âne et, ma foi, il en avait tout l'air. Ils se sont livrés à une pantomime très bruyante qui nous a tous fait rire aux éclats.

Soudain je me retourne, et qu'est-ce que je vois ? Mr Perkupp qui se tenait dans l'encadrement de la porte. Il semblait hésiter à entrer. Je me suis excusé pour cette pitrerie, mais Mr Perkupp m'a dit : « Mais non, mais non, ça a l'air très amusant. » Mais je voyais bien qu'il n'avait pas du tout l'air amusé.

Carrie et moi l'avons aussitôt conduit à la salle à manger, mais la table ressemblait à un champ de bataille. Il ne restait plus une seule coupe de champagne, pas même un sandwich. Mr Perkupp dit qu'il ne voulait rien, mais qu'il accepterait volontiers un verre d'eau gazeuse. Malheureusement le dernier siphon était vide. « Il nous reste encore plein de porto », dit Carrie. « Non, merci, je n'ai besoin de rien, lui répondit Mr Perkupp en souriant, mais j'ai été très heureux de vous voir chez vous avec votre mari. Bonne nuit, madame Pooter, vous m'excuserez de rester si peu, j'en suis sûr. » Je l'ai raccompagné jusqu'à sa voiture, et il m'a dit en me quittant : « Ne venez pas au bureau avant midi, demain. »

Je me sentis un peu déprimé en rentrant à la maison, et je dis à Carrie que je craignais que notre petite réception n'ait été un échec. Carrie n'était pas du tout de cet avis. Elle pensait au contraire que ç'avait été une grande réussite, et que j'étais simplement fatigué. Elle insista pour que je prenne moi-même un verre de porto. J'en bus deux coup sur coup et me sentis beaucoup mieux ensuite. Après quoi nous retournâmes au salon où ils avaient déjà commencé à danser. Je fis un tour de valse avec Carrie en lui disant que cela me rappelait notre jeunesse. Elle me répondit que j'étais un nigaud.

CHAPITRE X

Réflexions. Je fais encore une bonne plaisanterie. Sarah nous sert encore du blanc-manger. Lupin exprime son opinion sur le mariage. Il rompt avec Daisy Mutlar.

16 novembre – Me suis réveillé cette nuit une bonne vingtaine de fois, avec une soif terrible. J'ai fini toute l'eau qui restait dans la bouteille et la moitié de celle qui était dans la cruche. J'ai également rêvé que la réception d'hier avait été un échec, et qu'un grand nombre de gens vulgaires étaient venus sans invitation se moquer de Mr Perkupp et lui jeter des choses au visage, si bien que je dus le cacher dans le débarras, en le recouvrant d'une serviette de bain. Cela peut paraître absurde à présent, mais dans mon rêve, c'était extrêmement désagréable. J'ai fait ce rêve au moins une douzaine de fois.

Carrie m'a fait une réflexion qui m'a contrarié. Elle m'a dit : « Tu sais bien que le champagne ne te réussit pas. » Je lui ai répliqué que je n'en avais bu que deux verres, m'étant tenu exclusivement au porto. J'ajoutai que le bon champagne n'avait jamais fait de mal à personne, et Lupin m'avoua qu'il l'avait acheté à un voyageur de commerce qu'il connaissait personnellement, vu que cette marque avait été entièrement vendue à un club du West End.

Je pense surtout que j'ai trop mangé de ces petits « à-côtés », comme le garçon les appelait. J'ai dit à Carrie : « J'aurais dû mettre de côté ces petits à-côtés. » J'ai répété ma phrase, mais Carrie était occupée à empaqueter les cuillers à thé que nous avions empruntées à Mrs Cummings pour la soirée.

17 novembre – Me suis réveillé avec la migraine et encore fatigué de la soirée d'avant-hier. Gowing est passé et nous a félicités pour la réception de l'autre soir. Il a déclaré que tout s'était très gentiment passé, et qu'il s'était énormément diverti. Gowing peut être très aimable quand il veut, mais malheureusement on ne sait jamais combien de temps ça va durer. Par exemple, il est resté à dîner, et comme la bonne entrait avec un plat de friture, il s'est écrié : « Les restes de mercredi ! »

18 novembre – Me suis réveillé frais et dispos après une bonne nuit de sommeil. Je me sens à nouveau dans mon assiette. Je me rends compte que je ne suis pas fait pour une vie mondaine. Les sorties et les réceptions, très peu pour moi. Nous avons donc décliné l'invitation que nous avons reçue ce matin pour assister au mariage de Miss Bird. Nous ne l'avons rencontrée que deux fois chez Mrs James, et nous aurions quand même dû lui offrir un cadeau. Lupin a déclaré : « Pour une fois je suis d'accord avec vous. À mon sens, un mariage est un piètre spectacle. Il n'y a que deux rôles intéressants : le marié et la mariée. Le garçon d'honneur n'est qu'un figurant. À l'exception d'un père en larmes et d'une mère qui pleurniche, les autres ne sont que des *extras* qui doivent se mettre sur leur trente et un et *payer* pour leur rôle insignifiant sous forme de présents coûteux. » J'ai trouvé cette remarque fort judicieuse, bien qu'exprimée de manière irrespectueuse.

J'ai dit à Sarah de ne plus resservir le blanc-manger au petit déjeuner. Il semble qu'il ait été placé sur notre table à chaque repas depuis mercredi. Cummings est passé dans la soirée nous féliciter du succès de notre petite fête. Il nous a assuré que c'était la réception la plus réussie à laquelle il avait assisté depuis des années, mais il regrettait que nous ne l'ayons pas averti que la tenue de soirée était de rigueur, sinon il aurait mis sa queue-de-pie. Nous avons commencé une partie de dominos interrompue par l'arrivée bruyante de Lupin et de Frank Mutlar, que nous avons invités à se joindre à nous. Lupin a dit qu'il n'aimait pas les dominos et a proposé une partie de « Bluff ». Comme je leur demandais si nous avions besoin de jetons pour jouer, Frank et Lupin me répondirent d'une même voix : « Un, deux, trois, partez ! Avez-vous une propriété au Groenland ? » Pour moi c'était du chinois, mais il paraît que c'est la coutume des « Comédiens de Holloway » de se livrer à ce genre de bouffonnerie quand l'un des membres fait preuve d'ignorance.

Malgré mes instructions, le blanc-manger est reparu sur la table au dîner. Le plus beau, c'est qu'on avait essayé de le masquer en le plaçant dans un plat en verre, entouré de confiture. Carrie ayant demandé à Lupin s'il en voulait, celui-ci lui a répondu : « Non, merci, très peu pour moi, les restes. » J'ai dit à Carrie, lorsque nous fûmes seuls, que si on resservait encore une fois du blanc-manger, je quitterais aussitôt la table.

Dimanche 19 novembre – Une journée délicieusement calme. Lupin est allé passer l'après-midi avec les Mutlar. Il était d'excellente humeur en s'en allant, et Carrie n'a pu s'empêcher de remarquer : « L'un des avantages de ces fiançailles, c'est que Lupin a l'air heureux du matin au soir. Cela me réconcilie tout à fait avec ce qui, d'un autre côté, me paraît être des fiançailles prématurées. »

Carrie et moi avons évoqué ce problème dans la soirée, et nous sommes tombés d'accord pour reconnaître que des fiançailles précoces ne donnaient pas forcément une union mal assortie. Ma chère Carrie m'a rappelé que nous nous étions mariés de bonne heure, et que, hormis quelques petits malentendus sans importance, nous ne nous étions jamais vraiment disputés. Je n'ai pu m'empêcher de lui dire que la moitié des plaisirs de la vie provient des petites luttes et des petites privations qu'on a dû endurer au début de sa vie maritale. De telles privations proviennent généralement d'un manque d'argent et contribuent souvent à consolider l'union d'un couple qui s'aime.

Carrie a trouvé que je m'étais très bien exprimé, et que j'étais une espèce de philosophe à ma manière.

Nous sommes parfois tous un peu vaniteux, et j'avoue que je me suis senti flatté par le petit compliment de Carrie. Je ne prétends pas être à même de parler un langage raffiné, mais je me crois néanmoins capable de m'exprimer avec clarté et concision. Vers neuf heures, Lupin est rentré, à notre grande surprise. Il paraissait hagard et d'une voix caverneuse, qui m'a paru un tantinet théâtrale, il a demandé : « Avez-vous du cognac ? » J'ai répondu : « Non, mais voici du whisky. » Lupin s'en est servi un grand verre, qu'il a vidé d'un trait, à ma grande horreur.

Nous avons lu tous les trois en silence jusque vers dix heures, lorsque nous nous sommes levés pour aller nous coucher, Carrie et moi. Carrie a dit à Lupin : « J'espère que Daisy va bien ? »

Lupin a répondu d'un air faussement indifférent qu'il a dû attraper en fréquentant les « Comédiens de Holloway » : « Oh, Daisy ? Vous voulez dire Miss Mutlar. J'ignore comment elle se porte, mais *je vous prie de ne plus jamais prononcer son nom en ma présence.* »

CHAPITRE XI

Nous avons notre ration d'imitations d'Irving. Je fais la connaissance d'un certain Mr Padge. Il ne me plaît guère. Mr Burwin-Fosselton se montre désagréable.

20 novembre – N'ai pas vu Lupin de toute la journée. Acheté un nouveau carnet d'adresses bon marché. Passé la soirée à recopier les noms et les adresses de mes amis et connaissances. Les Mutlar n'y figurent naturellement pas.

21 novembre – Lupin est passé dans la soirée mais n'est resté que quelques minutes. Il m'a demandé un petit verre de brandy avec une espèce de désinvolture qui m'a paru extrêmement théâtrale et tout à fait inopérante. « Mon garçon, je n'en ai pas, lui ai-je répondu, et si j'en avais, je ne crois pas que je t'en offrirais. » Lupin a répondu : « Dans ce cas, j'irai là où il y en a », et il est sorti de la maison d'un pas décidé. Carrie a pris son parti, et nous avons passé le reste de la soirée à nous chamailler. Les noms de Daisy et de Mutlar ont bien dû revenir une centaine de fois dans la discussion.

22 novembre – Gowing et Cummings sont passés dans la soirée. Lupin est également venu. Il avait emmené avec lui son ami, Mr Burwin-Fosselton – l'un des « Comédiens de Holloway » –, présent à notre réception de l'autre soir, et qui avait fendu notre petit guéridon en s'appuyant dessus. Heureusement, il n'a pas été fait allusion à Daisy Mutlar. La conversation a été presque entièrement monopolisée par le jeune Fosselton qui, non seulement ressemble à Mr Irving, mais qui en plus semble se prendre pour le célèbre acteur. Je dois dire qu'il en a donné d'excellentes imitations. Comme il n'avait pas l'air pressé

Mr Burwin-Fosselton à dîner.

de partir, et qu'il était l'heure de dîner, je lui ai dit : « Monsieur Fosselton, si vous voulez bien partager notre humble pitance, vous êtes le bienvenu. » « Oh, c'est très gentil à vous, m'a-t-il répondu, mais appelez-moi, s'il vous plaît, Burwin-Fosselton. C'est un double nom. Il y a des tas de Fosselton, aussi vous seriez bien aimable de m'appeler Burwin-Fosselton. »

Il se livra ensuite à ses imitations d'Irving qui

durèrent tout le dîner. Il était assis si bas sur sa chaise que son menton touchait presque la table, et par deux fois il a heurté le pied de Carrie sous la table, renversé son verre et fait miroiter dangereusement un couteau sous le nez de Gowing. Après dîner, il s'est mis à réciter des bribes de dialogues de pièces qui m'étaient parfaitement inconnues, les jambes allongées sur les chenets, renversant à plusieurs reprises le pare-feu et causant par là même un boucan épouvantable. Et cette pauvre Carrie qui avait déjà une sévère migraine !

Au moment de partir, il nous a dit à notre grand étonnement : « Je reviendrai demain avec mon maquillage. » Gowing et Cummings ont dit qu'ils aimeraient bien voir ça, et qu'ils reviendraient eux aussi. J'ai trouvé qu'ils ne manquaient pas de toupet. Tant qu'à faire, ils pourraient aussi bien donner une sauterie dans ma maison. Mais, comme Carrie a dit de manière très sensée : « Faites n'importe quoi, mon cher, si cela peut aider Lupin à oublier Daisy. »

23 novembre – Cummings est passé en début de soirée, suivi un peu plus tard de Gowing, qui avait amené avec lui, sans nous avoir demandé la permission, un gros homme d'apparence vulgaire et affublé d'une énorme moustache, nommé Padge. Gowing n'a même pas fait mine de s'excuser auprès de nous ; il s'est contenté de dire que Padge désirait voir l'imitation d'Irving, à quoi celui-ci a répondu : « C'est exact », et c'est à peu près tout ce qu'il a dit de la soirée. Lupin est arrivé sur ces entrefaites : il paraissait d'excellente

Mr Padge.

humeur. Il nous avait préparé une petite surprise. Mr Burwin-Fosselton, qui était venu avec lui, était monté se préparer à l'étage. Une demi-heure plus tard, Lupin sortit du salon, et revint quelques minutes après annoncer : « Mr Henry Irving. »

J'avoue que la ressemblance était stupéfiante. La seule personne qui ne semblait pas intéressée, c'était ce Padge, qui s'était emparé du meilleur fauteuil, et fumait tranquillement la pipe, devant la cheminée. Au bout d'un moment je dis : « Pourquoi les acteurs ont-ils toujours les cheveux si longs ? » « Mr *Long*, lui, ne les porte pas longs », me rétorqua Carrie. Nous rîmes tous bien fort, à l'exception de Mr Fosselton, qui dit d'un ton légèrement condescendant : « La plaisanterie, madame Pooter, quoique des plus appropriées, n'est pas des plus fraîches. » Trouvant cette repartie peu galante et même assez discourtoise, je dis : « Monsieur Fosselton, il me semble que… » Mais il m'interrompit en disant : « Monsieur Burwin-Fosselton, je vous prie », ce qui me fit oublier ce que je voulais lui dire. Durant le dîner, Mr Burwin-Fosselton monopolisa de nouveau la conversation avec ses anecdotes sur Irving, et Carrie et moi arrivâmes à la conclusion qu'on peut se lasser même des imitations d'Irving. Après dîner, Mr Burwin-Fosselton, ayant repris ses imitations, saisit, dans le feu de l'action, Gowing au collet, lui planta ses ongles dans le cou, accidentellement, bien entendu, et lui ôta un bout de

Lupin annonce :
« Mr Henry Irving. »

chair. Gowing sc montra à juste titre irrité, et c'est alors que ce Padge, qui avait refusé notre modeste repas afin de ne pas quitter son confortable fauteuil, fut pris d'une crise de fou rire incontrôlable. J'ai trouvé cette conduite si inconvenante que je n'ai pu m'empêcher de lui dire : « Vous auriez ri également, j'imagine, s'il avait éborgné Mr Gowing ? », à quoi Padge a répliqué : « C'est exact », en riant de plus belle. Mais nous n'étions pas au bout de nos surprises. Lorsque vint le moment de se séparer, Mr Burwin-Fosselton dit : « Bonne nuit, monsieur Pooter. Je suis heureux que vous ayez apprécié mes imitations. *Demain soir, j'apporterai l'autre maquillage.* »

24 novembre – Je suis sorti sans mouchoir ce matin. C'est la seconde fois que cela m'arrive cette semaine. Je dois perdre la mémoire, ma parole. Sans cette histoire de Daisy Mutlar, j'aurais écrit à Mr Burwin-Fosselton pour lui dire que je ne serais pas là ce soir, mais j'imagine que ce n'est pas cela qui l'aurait dissuadé de venir.

Ce cher vieux Cummings est passé dans la soirée, mais Gowing a envoyé un mot s'excusant de ne pas pouvoir venir, ce qui m'a assez amusé. Il ajoutait que son cou le faisait toujours souffrir. Bien sûr, Burwin-Fosselton est venu, mais Lupin n'était pas là, et quelle ne fut pas ma consternation en voyant arriver Padge, sans même être accompagné par Gowing. Je lui ai dit d'un air exaspéré : « Monsieur Padge, en voilà une surprise ! » Carrie, craignant quelque désagrément, a dit : « Oh, je présume que Mr Padge est seulement venu voir *l'autre* imitation d'Irving. » À quoi Mr Padge a répondu : « C'est exact. » Puis il s'est de nouveau installé dans le meilleur fauteuil dont il n'a pas bougé de toute la soirée.

Ma seule consolation, c'est qu'il ne mange pas, et n'est donc pas un invité coûteux. J'en toucherai néanmoins un mot à Gowing. Les imitations d'Irving et les conversations auxquelles elles ont donné lieu ont duré toute la soirée, et j'avoue que j'en ai eu ma ration. À un moment donné, nous avons eu une discussion assez animée que Cummings avait entamée en déclarant qu'à son avis Mr Burwin-Fosselton *ne ressemblait* pas seulement à Mr Irving, mais qu'il était aussi *bon* et même *meilleur* que lui. Je me suis permis de faire observer qu'après tout ce n'était que l'imitation d'un original.

Cummings objecta que certaines imitations valaient mieux que les originaux. Je fis alors une remarque qui me parut très pertinente : « Sans original, dis-je, il ne peut y avoir d'imitation. » À quoi Mr Burwin-Fosselton me répliqua de façon fort insolente : « Je vous prie de ne pas discuter mes talents en ma présence et, monsieur Pooter, je vous conseille de ne parler que de ce que vous comprenez. » « C'est exact », a ajouté Padge. Carrie a sauvé la situation en déclarant brusquement : « Eh bien moi, si vous le permettez, je vais imiter Ellen Terry. » L'imitation de cette chère Carrie ne convainquit personne, mais elle fut si spontanée et si drôle que nous oubliâmes notre dissentiment. Quand Mr Burwin-Fosselton et Mr Padge s'en allèrent, je leur fis remarquer que demain soir nous ne serions pas là.

25 novembre – Reçu une longue lettre de Mr Fosselton concernant la discussion d'hier soir. J'étais très en colère, et je lui ai répondu que je n'entendais rien au théâtre et que je n'avais aucune intention de me laisser embarquer dans une discussion sur ce sujet, fût-ce au risque de me brouiller avec un ami. Je n'ai jamais écrit de lettre plus déterminée.

En rentrant à la maison à l'heure habituelle, samedi après-midi, j'ai rencontré Daisy Mutlar près du passage sous voie. Mon cœur fit un bond. J'inclinai brièvement la tête, mais elle feignit de ne pas me voir. La blanchisseuse est passée rapporter le linge dans la soirée. Il manquait une chaussette. Sarah affirme qu'elle a donné deux paires, et la blanchisseuse prétend qu'elle n'a reçu qu'une paire et demie. J'en ai touché un mot à Carrie qui m'a répondu d'un air agacé : « Je suis fatiguée de lui parler. Tu ferais mieux d'aller t'expliquer avec elle. Elle est dehors. » C'est ce que je fis, mais sans aucun effet.

Gowing, qui passait à ce moment-là, surprit la conversation et me jeta en riant : « Une seule chaussette peut toujours servir. Il suffit de trouver un unijambiste. » Et la blanchisseuse de glousser comme une idiote. J'étais outré, et je suis monté dans ma chambre pour reboutonner mon col de chemise.

Quand je suis redescendu au salon, Gowing était en train de raconter sa plaisanterie idiote au sujet de la chaussette dépariée à Carrie qui riait aux éclats. Je suppose que je dois perdre mon sens de l'humour. En tout cas, je ne me suis pas gêné pour lui dire ce que je pensais de Padge. Gowing a rétorqué qu'il ne l'avait rencontré qu'une fois avant cette soirée. Il lui avait été présenté par un ami commun, et comme Padge lui avait offert un bon dîner, il n'avait pas voulu être en reste. Ma parole, le toupet de Gowing dépasse tout ce qu'on peut imaginer ! Lupin est arrivé sur ces entrefaites avant même que j'aie eu le temps de répondre, et Gowing lui a malencontreusement demandé des nouvelles de Daisy Mutlar. « Monsieur, mêlez-vous de ce qui vous regarde ! » s'est écrié Lupin, puis il est sorti de la pièce en claquant la porte. Nous avons passé le reste de la soirée à parler de Daisy Mutlar…

Dimanche 26 novembre – Le pasteur a fait aujourd'hui un excellent sermon – vraiment excellent. Il n'a peut-être pas autant de prestance que son prédécesseur, mais je dois reconnaître que ses sermons sont bien plus impressionnants. Il s'est toutefois produit un incident fâcheux dont je dois rendre compte. Mrs Fernlosse, qui habite dans l'une de ces belles maisons de Camden Road, s'est arrêtée pour m'adresser la parole à la sortie de l'église. J'avoue que je me suis senti très flatté, car c'est une personne dont on dit le plus grand bien. Je suppose qu'elle devait me reconnaître pour m'avoir vu souvent faire la quête à l'église, d'autant qu'elle occupe toujours le bout du banc. C'est une femme très influente qui aurait pu avoir à me dire quelque chose de la plus haute importance, mais malheureusement, à peine avait-elle commencé de parler qu'une rafale de vent a soufflé mon chapeau et l'a envoyé promener au milieu de la rue.

J'ai dû courir après et j'ai eu beaucoup de peine à le rattraper. Quand j'y suis arrivé, Mrs Fernlosse s'était éloignée avec des gens huppés de ses amis, et je n'ai pas osé m'approcher d'elle, d'autant que mon chapeau était maculé de boue. Je ne saurais dire à quel point j'ai été vexé.

Dans la soirée (un dimanche par-dessus le marché), j'ai reçu un billet des plus impertinents de Mr Burwin-Fosselton, qui disait ceci :

« Cher Monsieur Pooter,

Bien qu'étant votre cadet d'une bonne vingtaine d'années – ce qui vous confère une plus longue mémoire des us et coutumes de cette petite planète qui est la nôtre –, j'estime qu'il n'est cependant pas tout à fait impossible que les roues de votre vie ne tournent pas aussi vite que celles de l'humble auteur de ces lignes, si je puis me permettre ce genre de métaphore. Cheval de trait ne peut rivaliser avec fringant coursier !

Est-ce que je me fais bien comprendre ?

Dans ce cas, Monsieur Pooter, veuillez avoir l'amabilité de reconnaître votre défaite car, si vous voulez bien vous souvenir, c'est vous qui avez jeté le gant, et je n'ai pas pour habitude de passer pour un lâche, que ce soit mentalement ou physiquement.

Revenons à nos moutons[1].

Nos vies suivent des sillons différents. Je vis pour mon *art*, pour la *scène*. Votre vie à vous est consacrée à des occupations commerciales – "une vie parmi les livres de comptes". Mes livres à moi sont d'un autre aloi. Votre profession de gratte-papier est certes parfaitement honorable, mais combien différente est la mienne ! Ne voyez-vous donc pas le gouffre qui nous sépare ? L'abîme qui empêche l'accord harmonieux de nos cerveaux ? À chacun sa vocation !

J'ai fait le vœu de gravir les échelons de la gloire. Dussé-je ramper, dussé-je déraper, dussé-je même vaciller (nous sommes tous faibles), *j'atteindrai le haut de l'échelle* ! Et quand je serai là-haut, je crierai aux multitudes massées à mes pieds : *"Vici !"* Pour le moment, je ne suis encore qu'un amateur, et mon

1. En français dans le texte.

travail n'est connu que d'un petit groupe d'amis, voire de deux ou trois ennemis.

Mais, Monsieur Pooter, laissez-moi vous demander : quelle différence y a-t-il entre un amateur et un professionnel ? Aucune !!! Pardon ! Si, il y en a une. L'un est *payé* pour faire ce que l'autre fait aussi bien pour *rien* !

Mais moi aussi, un jour, je me ferai *payer* ! Car, contrairement aux souhaits de ma famille et de mes amis, je me suis enfin décidé à choisir le théâtre pour profession. Et quand cet engouement pour la *farce* sera passé – *et croyez-moi, cela ne saurait tarder* –, on reconnaîtra mon talent. Car – et dût ma modestie en souffrir – je sais qu'il n'existe aujourd'hui personne capable de jouer Richard III, comme je m'en sens l'étoffe.

Et vous serez le premier à venir faire amende honorable. Il y a certes beaucoup de sujets que vous pouvez comprendre, mais la connaissance de l'art dramatique vous sera *toujours refusée*.

Et maintenant, que cette lettre mette un terme à cette discussion. *Vale !*

Monsieur, j'ai bien l'honneur,
BURWIN-FOSSELTON. »

J'étais outré. Quand Lupin est entré, je lui ai tendu cette lettre impertinente en disant : « Mon garçon, cette lettre te montrera le véritable caractère de ton ami. »

À ma grande surprise, Lupin me dit : « Je suis au courant. Il me l'a montrée avant de l'envoyer. Je trouve qu'il a parfaitement raison, et que vous devriez vous excuser. »

CHAPITRE XII

Nous avons une discussion sérieuse sur l'utilité et la valeur de mon journal. Lupin donne son avis sur la fête de Noël. Il se raccommode avec Daisy Mutlar, mais on ne peut pas dire que cette nouvelle nous comble de joie.

17 décembre – En ouvrant mon journal, je tombe sur ces mots : « Voici que l'année s'achève. » Je ne sais pas pourquoi cette phrase me rend mélancolique, mais le fait est là. Ces dernières semaines, je n'ai pas eu grand-chose d'intéressant à noter. La rupture de ses fiançailles avec Daisy Mutlar a fait de Lupin un autre homme, et Carrie elle aussi a changé. Elle avait l'air un peu déprimée samedi dernier, aussi, pour l'égayer, je lui ai lu quelques extraits de mon journal, mais elle est sortie de la pièce au bout de quelques minutes sans dire un mot. À son retour, je lui ai demandé : « Mon journal t'a-t-il ennuyée, ma chérie ? » À ma grande surprise, elle m'a répondu : « Je n'ai pas vraiment écouté, mon chéri. J'ai dû sortir pour donner des instructions à la blanchisseuse. Je ne sais pas ce qu'elle a mis dans son eau, mais il y a deux chemises de Lupin qui sont revenues décolorées. Et il a déclaré qu'il ne voulait plus les porter. »

Je lui ai dit : « Il n'y en a plus que pour Lupin, désormais. Hier, ma chemise n'avait plus un seul bouton, est-ce que je me suis plaint ? »

Elle m'a simplement répondu : « Tu devrais faire comme tous les autres hommes et porter des boutons de plastron. Il n'y a plus que toi pour porter des boutons sur tes devants de chemise. »

Je lui ai dit : « En tout cas, je n'en ai pas porté hier, car il n'y en avait pas. »

Depuis quelque temps, Gowing passe rarement le soir, et Cummings plus jamais. Je crains qu'ils ne s'entendent pas très bien avec Lupin.

18 décembre – Hier, j'étais d'humeur rétrospective, et aujourd'hui je suis d'humeur *prospective*. Mais je ne vois à l'horizon que des nuages, toujours des nuages et encore des nuages. Lupin refuse de nous dire la cause de sa rupture avec Daisy Mutlar, ce qui ne l'empêche pas d'être d'humeur massacrante. De toute évidence il condamne sa conduite, mais si d'aventure nous abondons dans son sens, il nous interdit d'en dire du mal. Dans ces conditions, que pouvons-nous faire ? Il y a autre chose qui me désole, c'est que ni Carrie ni Lupin n'ont l'air de s'intéresser à mon journal.

J'ai abordé ce sujet ce matin au petit déjeuner. « J'espère, leur ai-je dit, que s'il m'arrivait quoi que ce soit, ce journal serait pour vous une source inépuisable de plaisirs et de joies ; sans parler de la possibilité de le faire éditer, et d'en tirer quelque bénéfice. »

À ces mots, Carrie et Lupin ont éclaté de rire. Carrie l'a tout de suite regretté, car elle a dit : « Je n'ai pas voulu te blesser, mon chéri, mais *sincèrement* je n'ai pas l'impression que ton journal puisse suffisamment intéresser le public pour qu'un éditeur veuille le publier. »

J'ai répondu : « Je suis sûr qu'on le trouverait tout aussi intéressant que certaines réminiscences parfaitement ridicules qui ont été publiées récemment. En outre, c'est le journal qui fait l'homme. Qui parlerait encore d'Evelyn et de Pepys, s'ils n'avaient pas laissé de journaux ? »

Carrie m'a dit que j'étais un vrai philosophe, mais Lupin me décocha ce trait empoisonné : « Si vous l'aviez écrit sur du papier d'emballage, on pourrait peut-être en demander un bon prix à l'épicier du coin. »

Étant d'humeur prospective, j'affirme que la fin de cette année verra la fin de mon journal.

19 décembre – Comme chaque année à cette date, nous avons reçu l'invitation de passer Noël avec la mère de Carrie. Cette fête de famille dont nous nous faisons tous à l'avance une grande joie, Lupin a refusé de s'y rendre. J'en ai été scandalisé, et je ne me suis pas gêné pour le lui dire. Lupin nous a alors gratifiés du petit discours suivant : « J'ai horreur de ces réunions de famille. Ça rime à quoi, je vous le demande ? Il y en a toujours un qui dit : "Ce pauvre oncle James, dire qu'il était encore avec nous l'an dernier." Et tous de pleurnicher. Puis quelqu'un d'autre ajoute : "Il y a deux ans que la pauvre tante Liz était assise dans ce coin." Et tous de repleurnicher. Puis un autre parent ajoute : "Je me demande qui sera le prochain à partir." Et tous de sangloter derechef. Et puis tout le monde boit ct mange beaucoup trop, et quand le dîner est fini, il y a toujours quelqu'un qui s'aperçoit qu'on était treize à table. »

20 décembre – Suis allé chez Smirkson, le grand magasin du Strand, qui cette année consacre tout son rez-de-chaussée à la vente de cartes de Noël. Le magasin était bondé de gens qui semblaient manier les cartes sans beaucoup de soin et qui, après les avoir hâtivement regardées, les laissaient retomber négligemment sur la pile. J'en ai fait la réflexion à l'un des vendeurs, mais à peine l'avais-je formulée que la manche de mon manteau a balayé toute une pile de boîtes de cartes de luxe, et l'a fait tomber par terre. Le chef de rayon est arrivé, l'air très ennuyé, et a dit à l'un des employés en lançant un regard oblique dans ma direction : « Vous les baisserez à six pence, on ne peut plus les vendre un shilling à présent. » En conséquence, je me suis senti obligé d'acheter un certain nombre de cartes endommagées.

J'ai même dû en acheter plus que je n'en avais l'intention. Malheureusement, je ne les ai pas toutes examinées, et en rentrant à la maison, je suis tombé sur une carte très vulgaire représentant une grosse nourrice avec deux bébés dans les bras, l'un blanc et l'autre noir, et comme légende : « Nous souhaitons un joyeux Noël à papa. » J'ai déchiré la carte et l'ai jetée à la corbeille. Carrie prétend que l'inconvénient de sortir dans le monde et d'augmenter le nombre de nos amis, c'est que nous devrions envoyer cette année près de deux douzaines de cartes.

21 décembre – Pour faciliter la tâche du postier, nous suivons l'exemple de tous les gens attentionnés, et nous envoyons nos cartes à l'avance. La plupart d'entre elles avaient des traces de doigts que je n'avais pas remarquées en les achetant. Dorénavant j'achèterai toutes mes cartes de jour. Lupin – qui, depuis qu'il a eu cet entretien avec un agent de change, ne me paraît pas des plus scrupuleux dans ses procédés – m'a conseillé de ne jamais effacer le prix marqué au crayon au dos des cartes. Je lui ai demandé pourquoi et il m'a répondu : « Supposez que votre carte soit marquée neuf pence, tout ce que vous avez à faire, c'est d'ajouter un trois devant le neuf, et tout le monde croira que vous ayez payé près de cinq fois le prix. »

Dans la soirée, comme Lupin était très déprimé, je lui ai rappelé qu'après la pluie vient le beau temps. Il m'a répondu : « Pas pour moi. » « Oublie Daisy Mutlar, et estime-toi heureux de t'en être tiré à si bon compte. Cette fille n'était pas faite pour toi. Ses idées de grandeur ne cadraient pas avec des gens comme nous qui avons des goûts simples. » Il s'est écrié : « Je ne permettrai pas qu'on dise du mal d'elle ! Elle vaut à elle seule tous vos amis réunis, y compris ce gros prétentieux de Perkupp. » J'ai quitté la pièce dignement et en silence, mais je me suis pris le pied dans le paillasson.

23 décembre – Je n'ai rien dit à Lupin ce matin, mais comme dans la soirée il semblait d'humeur exubérante, je me suis permis de lui demander où il comptait passer Noël. Il m'a répondu : « Oh, sans doute chez les Mutlar. » « Quoi, après avoir rompu tes fiançailles ? » « Qui a dit ça ? » « Mais tu nous avais donné à entendre à tous les deux… » « Oubliez tout ce que j'ai pu vous dire. Nous nous sommes rabibochés. »

CHAPITRE XIII

Je reçois une carte de Noël insultante. Nous passons un agréable Noël chez la mère de Carrie. Un certain Mr Moss en prend trop à son aise. Une soirée bruyante au cours de laquelle je reçois un coup sur la tête dans l'obscurité. Je reçois une lettre extraordinaire de Mr Mutlar, père, concernant Lupin. Nous oublions d'enterrer la nouvelle année.

24 décembre – Je ne suis pas bien riche, mais je paierais cher pour savoir qui m'a envoyé cette insultante carte de Noël que j'ai reçue ce matin. Je n'insulte jamais personne, pourquoi m'insulterait-on ? Le plus ennuyeux dans cette histoire, c'est que je suis amené à soupçonner tous mes amis. On a évidemment déguisé l'écriture, les lettres étant penchées dans le mauvais sens. Je ne crois pas Gowing ou Cummings capables d'une chose pareille. Lupin affirme n'en rien savoir, et je le crois, même si je désapprouve le fait de le voir sympathiser avec l'offenseur. Mr Franching ne commettrait jamais une telle vilenie, et je ne crois pas non plus les Mutlar capables d'une telle action. Je me demande si le coupable ne serait pas par hasard Pitt, cet impudent jeune blanc-bec qui travaille au bureau. À moins que ce ne soit Mrs Birrell, la femme de ménage, ou Burwin-Fosselton ? Mais Mrs Birrell ne saurait écrire aussi bien.

Jour de Noël – Nous avons pris le train de dix heures vingt à Paddington, et avons passé une agréable journée chez la mère de Carrie. La campagne était riante, bien que les chemins fussent bourbeux. Nous avons déjeuné, dix à table, vers le milieu de l'après-midi et évoqué le passé. Si chacun avait une belle-mère aussi discrète et compréhensive que la mienne, le monde serait beaucoup plus heureux. Comme nous étions tous de bonne humeur, j'ai proposé un toast en son honneur, et j'ai prononcé, je crois, un excellent discours que j'ai conclu par ces mots : « En un jour pareil, nous sommes tous – parents, amis ou simples connaissances – animés de sentiments bienveillants les uns envers les autres. Que ceux qui se sont brouillés par le passé se réconcilient et s'embrassent. Ceux qui, heureusement, ne se sont jamais brouillés peuvent également s'embrasser. »

J'ai vu des larmes dans les yeux de Carrie et de sa mère, ce qui, je dois le dire, m'a infiniment touché. Le cher vieux révérend John Panzy Smith, qui nous a mariés, nous a fait une petite allocution très bien tournée et très amusante, puis, agissant sur ma suggestion, il a fait le tour de la table pour embrasser toutes les dames, y compris Carrie. Ce qui était tout à fait normal. Mais j'ai été plus qu'interloqué quand un jeune gaillard appelé Moss, que je n'avais encore jamais vu, et qui avait à peine dit un mot durant tout le dîner, s'est soudain levé de sa chaise en tendant une brindille de houx, et s'est exclamé : « Si vous permettez, je suivrai l'exemple du pasteur ! » Et avant même qu'on eût réalisé ce qu'il allait faire, il avait embrassé Carrie et les autres dames.

Heureusement, nous avons pris cela comme une plaisanterie, et avons tous ri ; mais c'était une expérience dangereuse et j'ai été un moment très inquiet quant au résultat. J'en ai parlé par la suite à Carrie, qui m'a répondu : « Oh, ce n'était guère qu'un gamin. » Je lui ai dit qu'il avait une grosse moustache pour un gamin. À quoi elle m'a rétorqué : « Je n'ai pas dit qu'il n'était pas joli garçon. »

26 décembre – Je n'ai pas très bien dormi la nuit dernière, mais je ne dors jamais bien dans un lit que je ne connais pas. J'ai dû avoir une petite indigestion, ce qui est normal à cette époque de l'année. Carrie et moi sommes rentrés chez nous dans la soirée. Lupin est arrivé plus tard. Il nous a dit qu'il avait passé un excellent Noël et a ajouté : « Je me sens aussi en forme qu'un crincrin de Lowther Arcade à qui il manquerait juste un peu d'oseille pour sonner comme un stradivarius de cinq cents livres. » Il y a longtemps que j'ai cessé d'essayer de comprendre l'argot de Lupin ou même de lui demander de me l'expliquer.

27 décembre – J'ai dit à Lupin que j'attendais Gowing et Cummings demain soir pour une partie de dominos. J'espérais qu'il profiterait de l'occasion pour rester avec nous et égayer un peu la soirée. Au lieu de quoi, il m'a dit : « Oh, vous feriez mieux de les décommander, car j'ai demandé à Daisy et à Frank Mutlar de venir. » Je lui ai répondu que je ne pouvais pas faire une chose pareille. « Dans ce cas, m'a-t-il répliqué, je vais envoyer un télégramme pour décommander Daisy. » Je lui ai suggéré qu'il pouvait économiser un télégramme, et qu'une lettre ou une carte postale ferait aussi bien l'affaire.

Carrie, qui avait écouté notre conversation avec un certain agacement, a décoché à Lupin une flèche qui a fait mouche. « Lupin, a-t-elle dit, pourquoi interdis-tu à Daisy de rencontrer les amis de ton père ? Est-ce parce qu'ils ne sont pas assez bien pour elle, ou bien, ce qui est également possible, est-ce parce qu'*elle* n'est pas assez bien pour eux ? » Lupin était tellement abasourdi qu'il n'a rien trouvé à dire. Quand il eut quitté la pièce, j'embrassai aussitôt Carrie pour la remercier.

28 décembre – En descendant prendre le petit déjeuner, Lupin a dit à sa mère : « Je n'ai pas décommandé Daisy et Frank, car j'aimerais les présenter à Gowing et Cummings ce soir. » Ce qui m'a fait très plaisir. Carrie a répondu : « Je suis contente que tu me le dises à temps, comme ça je pourrai servir le gigot froid, l'accommoder avec un peu de persil et personne ne saura qu'il a été entamé. » Elle a ajouté qu'elle ferait des pommes au four qu'elle servirait avec une crème à la vanille.

Comme Lupin paraissait de bonne humeur, j'en profitai pour lui demander s'il avait une dent contre Gowing ou Cummings. « Pas du tout, m'a-t-il répondu. Je trouve simplement que Cummings ressemble à un âne, mais c'est dû en partie à sa façon de se vêtir. On dirait qu'il achète ses habits au mont-de-piété ou à l'Armée du Salut. Quant à Gowing, avec son éternel veston en velours marron, il ressemble à un photographe ambulant. »

Je lui ai répondu que ce n'était pas l'habit qui faisait le gentleman, à quoi Lupin m'a rétorqué en riant : « Non, et je me demande quelle espèce de gentleman a bien pu couper leurs habits. »

Nous étions tous très gais pendant le dîner et Daisy

s'est montrée très gracieuse, surtout dans la première partie de la soirée, lorsqu'elle a chanté. Après, les choses se sont un peu gâtées, quand elle s'est mise à rouler de la mie de pain entre ses doigts et à la lancer autour de la table. J'ai trouvé cela très mal élevé, mais je me suis, bien sûr, abstenu de tout commentaire. Ensuite, Daisy et Lupin se sont mis à se jeter des boulettes de pain à travers la table, bientôt imités par Frank, Cummings et Gowing. J'étais effaré. J'en ai même reçu une sur le front, qui m'a fait cligner des yeux. J'ai dit : « Un peu de calme, s'il vous plaît. » Frank s'est levé d'un bond et a dit : « En avant la fanfare ! » Je ne comprenais pas ce que cela voulait dire. Mais ils se sont tous esclaffés et sont repartis de plus belle. Gowing s'est soudain emparé de tout le persil éparpillé sur le gigot, et me l'a jeté en plein visage. Je l'ai foudroyé du regard, mais il m'a répondu : « Ça ne sert à rien de faire les gros yeux avec vos cheveux tout empersillés. » Je me suis levé de table en exigeant que cesse aussitôt cette bouffonnerie. Frank Mutlar s'est écrié : « Messieurs, c'est l'heure, s'il vous plaît ! », puis il a fermé le gaz, nous plongeant dans une obscurité totale.

J'essayais de sortir de la pièce à tâtons, quand je reçus brusquement un coup de poing derrière la tête. « Qui a fait ça ? » m'écriai-je. Personne ne répondit. Je répétai ma question, sans plus de succès. Je frottai une allumette et rallumai le gaz. Tout le monde parlait et riait comme si de rien n'était. Mais après qu'ils furent partis, je dis à Carrie : « La personne qui m'a envoyé cette insultante carte de Noël était là ce soir. »

29 décembre – J'ai fait un rêve très curieux la nuit dernière. Je me suis réveillé et en me rendormant j'ai refait exactement le même rêve. J'ai rêvé que Frank Mutlar disait à sa sœur que non seulement c'était lui qui m'avait envoyé cette insultante carte de Noël, mais qu'en plus c'était lui qui m'avait frappé à la tête hier soir dans l'obscurité. Et, comme un fait exprès, Lupin nous a lu au petit déjeuner des extraits d'une lettre qu'il venait de recevoir de Frank.

Je lui ai demandé de me passer l'enveloppe afin que je puisse étudier l'écriture. J'ai donc pu comparer l'écriture de l'enveloppe avec celle qui contenait la carte de Noël. J'ai décelé une ressemblance malgré le déguisement évident. J'ai tendu les deux enveloppes à Carrie qui se mit aussitôt à rire. Lui ayant demandé pourquoi elle riait, elle me répondit que la carte de Noël ne m'était pas destinée. Il y avait écrit dessus : « L. Pooter », et non « C. Pooter ». Lupin, m'ayant demandé à voir la suscription, s'exclama en riant : « Mais oui, c'était pour moi ! » « Pourquoi ? Tu as l'habitude de recevoir des cartes de Noël insultantes ? » « Mais oui, et même d'en *envoyer* ! »

Gowing est passé dans la soirée en disant qu'il s'était bien amusé hier au soir. Je profitai de l'occasion pour le prendre à part comme un vieil ami, et me confier à lui au sujet du coup de poing d'hier au soir. Il a éclaté de rire en disant : « Oh, c'était *votre tête* ? Je me rappelle, en effet, avoir frappé accidentellement quelque chose et même de m'être fait assez mal, mais j'ai cru que c'était un mur de brique. » Je lui dis que j'avais été blessé, au propre comme au figuré.

Dimanche 30 décembre – Lupin a passé la journée entière avec les Mutlar. Comme il paraissait assez joyeux dans la soirée, je lui dis : « Lupin, je suis content de te voir aussi heureux. » Il me répondit : « Oh, Daisy est une fille épatante, mais j'ai dû remettre à sa place son vieux grigou de père. Il faut le voir vous rationner son vin et ses cigares, éteindre la lumière dans une pièce sitôt que vous avez le dos tourné, griffonner sur des bouts de papier à moitié déchirés, coller le reste de la vieille savonnette à la nouvelle, mettre deux briques de chaque côté de la cheminée… » Je lui ai dit : « Lupin, tu n'es encore qu'un gamin. J'espère que tu ne t'en repentiras pas. »

31 décembre – Le dernier jour de l'année. J'ai reçu une lettre extraordinaire de Mr Mutlar, père. Il m'écrit : « Cher Monsieur, depuis un certain temps j'ai beaucoup de peine à répondre à la question suivante : "Qui est le maître chez moi ? Moi ou *votre fils* Lupin ?" Croyez-moi, je n'ai pas de préjugé dans un sens ou dans un autre, mais j'ai bien sûr fini par me rendre à l'évidence, à savoir que *je* suis le maître chez moi. En conséquence, je me vois dans l'obligation d'interdire à votre fils l'accès de ma maison. J'en suis navré, car je me trouve de la sorte privé de la société d'une des personnes les plus modestes, les plus effacées et les plus courtoises qu'il m'ait été donné de connaître. »

Comme je ne désirais pas que le dernier jour de l'année se termine sur une note désagréable, je n'ai rien dit à Carrie ni à Lupin au sujet de cette lettre.

Lupin a voulu sortir malgré le brouillard, mais il a promis d'être rentré pour enterrer l'année ancienne

– une coutume que nous avons toujours observée. À onze heures et demie, Lupin n'était toujours pas rentré et le brouillard était de plus en plus dense. À mesure que minuit approchait, j'ai sorti les liqueurs. Comme Carrie et moi avions choisi du whisky, j'ouvris une nouvelle bouteille ; mais Carrie déclara qu'il avait le goût de brandy. Comme je savais que c'était du whisky, je lui ai dit qu'il n'y avait rien à discuter. Cependant, Carrie, apparemment vexée du retard de Lupin, insista néanmoins pour que j'en prenne une gorgée avec elle afin de décider au goût. Je lui répondis qu'il me suffisait de le humer pour trancher la question. Après nous être sottement et inutilement disputés un bon moment, nous nous aperçûmes à notre grand effroi qu'il était minuit et quart, et pour la première fois depuis que nous sommes mariés, nous avons oublié de fêter la nouvelle année. Lupin est rentré à deux heures et quart, s'étant perdu dans le brouillard, à ce qu'il prétend.

CHAPITRE XIV

Je commence l'année par une promotion inattendue au bureau. Je fais deux excellentes plaisanteries. J'obtiens une énorme augmentation de salaire. Lupin réussit dans ses spéculations et s'achète un attelage à poney. Dis deux mots à Sarah. Extraordinaire conduite de Gowing.

1er janvier – J'avais eu l'intention de terminer mon journal la semaine dernière, mais il est arrivé un événement capital qui m'a fait changer d'avis ; je continuerai donc encore quelque temps en utilisant des feuilles détachables de mon journal de l'année dernière. Une heure et demie venait de sonner et je m'apprêtais à quitter le bureau pour aller déjeuner, quand on vint m'avertir que Mr Perkupp désirait me voir immédiatement. J'avoue que le cœur commençait à me battre et que j'avais les plus sérieuses appréhensions.

Mr Perkupp était dans son bureau en train d'écrire. Il me dit en m'apercevant : « Prenez place, monsieur Pooter, je suis à vous dans une minute. »

Je répondis : « Non, merci, monsieur, je préfère rester debout. » J'attendis une bonne vingtaine de minutes, mais qui me parurent des heures. Mr Perkupp finit par se lever.

« J'espère qu'il n'y a rien de grave, monsieur ? »

« Oh non, bien au contraire, j'espère. »

Quel soulagement ! C'est comme si la vie venait de m'être rendue.

Mr Perkupp poursuivit : « Mr Buckling va prendre sa retraite, ce qui occasionnera quelques petits changements dans le service. Il y a près de vingt et un ans que vous êtes avec nous et, en conséquence de votre conduite durant cette période, nous avons l'intention de créer une promotion spéciale en votre faveur. Nous n'avons pas encore tout à fait décidé quelle sera votre nouvelle affectation, mais quoi qu'il en soit, vous aurez une augmentation de salaire substantielle que, je n'ai pas besoin de le dire, vous méritez amplement. J'ai un rendez-vous à deux heures, mais vous en saurez plus demain. »

Il quitta ensuite rapidement la pièce et je n'eus même pas le temps de lui exprimer ma gratitude et mes remerciements. Je n'ai pas besoin de dire comment ma chère Carrie accueillit cette joyeuse nouvelle. Elle me dit avec sa simplicité coutumière : « Nous pourrons enfin nous offrir le miroir au-dessus de la cheminée dans le petit salon de derrière, dont nous avons toujours rêvé. » J'ajoutai : « Oui, et tu pourras enfin t'acheter ce petit ensemble si bon marché que tu as vu chez Peter Robinson. »

2 janvier – J'ai passé toute la journée au bureau dans une grande tension d'esprit. Je ne voulais pas ennuyer Mr Perkupp, mais comme il ne m'avait pas fait appeler et qu'il m'avait dit hier qu'il me verrait aujourd'hui, je me suis permis d'aller le trouver. J'ai frappé à sa porte, et en me voyant entrer, Mr Perkupp m'a dit : « Oh, c'est vous, monsieur Pooter. Vous vouliez me voir ? » « Non, monsieur, je croyais que c'était vous qui désiriez me voir ! » « Oh oui, je me souviens. Mais je suis très occupé aujourd'hui ; je vous verrai demain. »

3 janvier – Mon état d'anxiété et d'excitation encore aggravé par le fait que Mr Perkupp m'a fait savoir qu'il ne serait pas au bureau aujourd'hui. Dans la soirée, Lupin, qui était occupé à lire le journal, me lança tout à trac : « Est-ce que les carrières de craie, ça vous dit quelque chose ? » Je lui répondis : « Non, mon garçon, ça ne me dit rien du tout. » « Eh bien, je vais vous donner un tuyau, me dit Lupin : les carrières de craie, c'est aussi sûr que des obligations, et ça donne du six pour cent à la paire. » Je lui ai répondu du tac au tac : « Ça donne peut-être bien du six pour cent à la paire, mais ton *père*, lui, n'a pas d'argent à investir. » Sur quoi Carrie et moi sommes partis d'un énorme éclat de rire. Lupin n'a pas prêté la moindre attention à cette plaisanterie, bien que je l'aie répétée exprès pour lui. Il a continué comme si de rien n'était : « Je vous refile le tuyau, c'est tout : carrière de craie. Retenez bien ça. » À quoi je lui ai répondu par une remarque qui m'a paru assez fine : « En tout cas, fais attention à ne pas y tomber. »

4 janvier – Mr Perkupp m'a fait appeler pour me dire que ma situation serait celle de premier commis. Je suis transporté de joie. Mr Perkupp a ajouté qu'il me ferait savoir demain quel serait mon salaire. Cela veut dire encore un jour d'angoisse ; mais ce genre d'angoisse, j'en voudrais bien tous les jours. Cela m'a fait penser que j'avais oublié de parler à Lupin de la lettre de Mr Mutlar, père.

Je lui en ai touché deux mots dans la soirée, après

avoir d'abord consulté Carrie. Lupin dévorait des yeux le *Financial News*, comme s'il avait été banquier toute sa vie ; je lui dis : « Excuse-moi de t'interrompre, Lupin, mais comment se fait-il que tu ne sois pas allé une seule fois chez les Mutlar, cette semaine ? »

« Je vous l'ai dit ! Je ne supporte pas le vieux Mutlar. »

« Mr Mutlar m'a écrit la même chose à ton sujet. »

« Je trouve ça culotté de sa part, qu'il vous écrive à *vous* ! Je vais me renseigner pour savoir si son père est encore vivant, et je *lui* écrirai un mot de récrimination au sujet de *son* fils, dans lequel je lui avouerai carrément que son rejeton est un sinistre imbécile ! »

« Lupin, je t'en prie, modère tes expressions et n'oublie pas que tu parles en présence de ta mère. »

« Je suis désolé, mais on ne peut pas lui appliquer d'autre qualificatif. De toute façon, je suis bien décidé à ne plus jamais remettre les pieds chez lui. »

« Tu sais, Lupin, qu'il t'a interdit l'accès de sa maison ? »

« Ça revient au même, n'est-ce pas ? Alors ne chipotons pas sur les mots. Daisy est une chic fille et elle m'attendra dix ans s'il le faut. »

5 janvier – J'ose à peine écrire la nouvelle. Mr Perkupp m'a annoncé que mon salaire serait augmenté de cent livres ! Je suis resté coi un moment, dans l'incapacité de réaliser ce qui m'arrivait. Je reçois annuellement une augmentation de dix livres et j'ai pensé que celle-ci pourrait être de quinze ou même vingt livres. Mais cent livres, cela dépasse toutes mes espérances. Carrie et moi nous sommes réjouis de notre bonne fortune. Lupin est rentré ce soir à la maison d'excellente humeur. J'ai envoyé discrètement Sarah acheter chez l'épicier une bouteille de champagne, le même que celui que nous avons déjà eu, « Jackson Frères ». Nous l'avons ouvert pour dîner et j'ai dit à Lupin : « C'est pour célébrer une bonne nouvelle que j'ai reçue aujourd'hui. » Lupin m'a répondu : « À la bonne heure ! J'ai moi aussi une bonne nouvelle à vous annoncer. » Je lui dis : « Mon garçon, en raison de mes bons et loyaux services dans l'intérêt de mes supérieurs au bureau, pendant une durée de vingt et un ans, j'ai été promu commis principal et j'ai reçu une augmentation de salaire de cent livres par an. »

Lupin m'a chaleureusement félicité en criant trois fois « hourra ! », ce qui a fait venir aussitôt Sarah pour voir ce qui se passait. Lupin nous a resservi à boire et, debout, verre en main, il s'est exprimé en ces termes : « Ayant été embauché dans la firme de Job Cleanands, agents de change, depuis quelques semaines seulement et *n'*ayant *pas* prêté une attention particulière aux intérêts de mes supérieurs hiérarchiques, il se trouve néanmoins que mon patron m'a gratifié d'un cadeau d'une valeur de cinq livres en actions sur un placement très intéressant. Le résultat c'est qu'aujourd'hui, j'ai fait un bénéfice de deux cents livres. » J'ai dit : « Lupin, tu plaisantes. » « Non, c'est la pure vérité. Job Cleanands *m'a mis sur les chlorates.* »

21 janvier – Lupin est arrivé aujourd'hui en attelage à poney. Je lui ai dit : « Lupin, une telle extravagance est-elle bien justifiée ? » Il m'a répondu : « Il faut bien se déplacer d'une manière ou d'une autre. Je n'ai d'ailleurs fait que le louer et je peux le rendre n'importe quand. » J'ai répété ma question : « Lupin, une telle extravagance était-elle bien nécessaire ? » Il m'a répondu : « Excusez-moi de vous le dire, mais vous n'êtes pas à la page. Il faut voir grand aujourd'hui. Je ne veux pas être désobligeant, mais mon patron m'a dit que si je suivais son conseil, et que je voyais grand, je pourrais ramasser un paquet ! » Je lui ai dit que l'idée même de spéculer me paraissait épouvantable. À quoi Lupin m'a rétorqué : « Ce n'est pas une spéculation, c'est une certitude absolue. » Je lui ai conseillé de renoncer en tout cas à l'attelage, mais il m'a répondu : « J'ai gagné deux cents livres en une seule journée ; supposez que je ne gagne que deux cents livres par mois, ou disons même cent livres – ce qui est ridiculement peu –, ça fait mille deux cent cinquante livres par an. Qu'est-ce que quelques livres par semaine pour un attelage ? »

Je n'ai pas poursuivi la discussion plus avant, me contentant de dire que je ne serais pas fâché lorsque l'automne viendrait et que Lupin serait alors responsable de ses propres dettes. « Mon cher père, m'a-t-il répondu, je vous promets solennellement de ne jamais spéculer avec ce que je ne possède pas. Je ne me fierai qu'aux tuyaux de Job Cleanands et comme c'est un type "à la coule", c'est du tout cuit. » Je me suis senti quelque peu rassuré. Gowing est passé dans la soirée et m'a appris, à ma grande surprise, que, comme il avait gagné dix livres grâce à un tuyau de Lupin, il avait l'intention de nous inviter avec les Cummings samedi prochain. Carrie et moi avons répondu que nous serions enchantés.

22 janvier – Je ne me mets pas souvent en colère contre les domestiques, mais j'ai dû reprendre un peu sèchement Sarah à propos d'une habitude qu'elle a récemment contractée et qui consiste à secouer la nappe sur le tapis après avoir débarrassé la table. Sarah m'a répliqué très grossièrement : « Oh, vous vous plaignez toujours. » J'ai répondu : « Ce n'est pas vrai. Je vous ai reprise la semaine dernière, parce que vous marchiez sur le tapis du salon avec un morceau de savon collé à votre talon. » « Et vous n'êtes jamais content non plus de votre petit déjeuner. » « Pas du tout. Mais j'estime être en droit de me plaindre de ne jamais pouvoir avoir un œuf dur. Dès que je casse la coquille, il se répand tout entier sur l'assiette, je vous l'ai dit au moins une cinquantaine de fois. » Elle se mit à pleurnicher, mais par chance c'était l'heure de mon bus, ce qui me donna une bonne excuse pour la quitter. Gowing a laissé un message dans la soirée afin que nous n'oubliions pas pour samedi prochain. Carrie a observé d'un air amusé : « Comme c'est la première fois qu'il nous invite, nous ne risquons pas d'oublier. »

23 janvier – J'ai demandé à Lupin de bien vouloir changer les brosses à poils durs, qu'il vient de m'offrir, contre des brosses à poils plus souples, car mon coiffeur m'a conseillé de ne pas brosser mes cheveux avec trop d'insistance pour le moment.

24 janvier – Le nouveau miroir que nous comptions mettre au-dessus de la cheminée du petit salon de derrière est arrivé. Carrie a disposé des éventails tout autour. Cela améliore énormément la pièce.

25 janvier – Nous venions de prendre le thé, quand nous avons eu la visite de Cummings, que nous n'avions pas vu depuis plus de trois semaines. Je remarquai qu'il n'avait pas bonne mine et lui dis : « Eh bien, Cummings, comment allez-vous ? Vous avez l'air un peu pâlichon. Que se passe-t-il ? » Il répondit : « Oh rien, si ce n'est que j'ai dû garder le lit pendant deux semaines. C'est tout. À un moment donné, mon médecin m'a cru perdu et pourtant personne n'est venu me voir. Personne n'a pris la peine de se demander si j'étais vivant ou mort. »

J'ai dit : « Je n'en savais rien. Je suis passé plusieurs fois sous vos fenêtres et, comme elles étaient brillamment éclairées, j'en ai déduit que vous aviez de la compagnie. »

Cummings répondit : « Non ! La seule compagnie que j'ai eue était celle de mon épouse, du médecin et de notre logeuse – laquelle s'est révélée être une femme des plus serviables. Je m'étonne que vous n'ayez pas lu ça dans le journal. Je sais que la chose a été mentionnée dans la *Gazette vélocipédiste*. »

Je lui ai dit pour le remonter : « Et maintenant, vous allez mieux ? »

Il m'a répondu : « Ce n'est pas la question. La question, c'est que la maladie vous permet de découvrir quels sont vos *véritables* amis. »

Je lui ai remontré qu'une telle remarque était indigne de lui. Pour arranger les choses, Gowing est arrivé à ce moment-là. Il s'est approché de Cummings et lui a dit, en lui donnant une violente tape dans le dos :

« Eh bien ! Vous avez vu un fantôme ? Vous avez l'air épouvanté comme Irving dans *Macbeth* ! » Je lui ai fait : « Doucement, Gowing, notre ami a été très malade. » Gowing a éclaté de rire, en disant : « Oui, et ça se voit. » Cummings a répondu tranquillement : « Et je suis encore convalescent. Mais j'imagine que ça vous est égal. »

Il y eut un silence embarrassé. Gowing reprit : « Allez, Cummings, oubliez tout ça. Rappelez-vous que vous êtes invité chez moi demain avec votre dame, ça vous égaiera un peu. Nous ouvrirons une bouteille de vin. »

26 janvier – Il s'est produit une chose extraordinaire. Carrie et moi sommes allés chez Gowing, comme prévu, à sept heures et demie. Nous avons frappé et sonné plusieurs fois sans obtenir de réponse. Enfin le loquet s'est soulevé et la porte s'est entrebâillée. Un homme en bras de chemise a passé sa tête dans l'ouverture et a demandé : « Qui est là ? Que demandez-vous ? » J'ai répondu : « Mr Gowing. Il nous attend. » L'homme a dit (pour autant que j'aie pu l'entendre, car il y avait un petit chien qui aboyait) : « Je ne crois pas qu'il soit là. Mr Gowing n'est pas chez lui. » J'ai répondu : « Il ne tardera pas. »

Là-dessus, il claqua la porte, nous laissant Carrie et moi sur les marches par un froid glacial.

Carrie me conseilla de frapper à nouveau. C'est ce que je fis et je m'aperçus pour la première fois que le heurtoir venait d'être repeint, et que la peinture s'était collée sur mes gants qui, par conséquent, étaient complètement abîmés.

Je frappai avec ma canne à deux ou trois reprises.

L'homme ouvrit la porte, cette fois en enlevant la chaîne, et il se mit à m'insulter : « Qu'est-ce qui vous prend d'égratigner comme ça la peinture avec votre canne ? Vous n'avez pas honte ? »

Je dis : « Excusez-moi, mais Mr Gowing nous a invités… »

« Je me moque bien de Mr Gowing et de ses amis, dit-il en m'interrompant. C'est ma porte et non celle de Mr Gowing. Il y a d'autres gens qui vivent ici à part Mr Gowing. »

L'impertinence de cet individu était somme toute peu de chose en comparaison de la conduite scandaleuse de Gowing.

À ce moment-là, Cummings et sa femme arrivèrent. Cummings boitait bas et s'appuyait sur une canne ; mais il réussit néanmoins à gravir les marches pour s'enquérir de ce qui se passait.

L'homme dit : « Mr Gowing ne m'a pas dit qu'il attendait des invités. Tout ce qu'il m'a dit, c'est qu'il avait reçu une invitation à se rendre à Croydon, et qu'il ne rentrerait pas avant lundi soir. Il a pris un sac de voyage avec lui. »

Là-dessus il a claqué de nouveau la porte. J'étais trop ulcéré par la conduite de Gowing pour dire quoi que ce soit. Cummings était blême de rage et, en descendant les marches, il a frappé violemment sa canne contre le sol en s'écriant : « Le gredin ! »

CHAPITRE XV

Gowing explique sa conduite. Lupin nous emmène faire une promenade dans son attelage, mais nous n'avons guère de plaisir. Lupin nous présente à Mr Murray Posh.

8 février – Je n'arrive toujours pas à trouver de bonnes saucisses pour le petit déjeuner. Ou bien elles sont trop épicées, ou bien elles sont trop sanguines. Toujours anxieux au sujet des vingt livres que j'ai investies la semaine dernière sur les conseils de Lupin. Cummings a cependant fait la même chose.

9 février – Il s'est écoulé exactement une quinzaine de jours et je n'ai toujours pas de nouvelles de Gowing justifiant sa conduite de l'autre soir. Dans la soirée, Carrie était occupée à marquer une demi-douzaine de cols que je venais d'acheter. Carrie n'a pas sa pareille pour marquer le linge. Pendant que je les faisais sécher près du feu et que Carrie me reprochait de les faire brûler, Cummings est entré.

Il semblait complètement remis et il s'est moqué de nous au sujet des cols. Je lui ai demandé s'il avait des nouvelles de Gowing et il m'a répondu que non. Je lui ai dit que je n'aurais pas cru Gowing capable d'une telle indélicatesse. Cummings m'a répondu : « Vous êtes bien indulgent. Pour moi, je trouve qu'il s'est conduit comme un goujat. »

Il avait à peine fini sa phrase que la porte s'ouvrit et que Gowing, passant la tête dans l'entrebâillement, dit : « Puis-je entrer ? » « Certainement, lui dis-je, d'une voix aigrelette. Voilà un revenant ! » « En effet, reprit-il, j'ai fait la navette entre ici et Croydon durant ces deux dernières semaines. » Cummings avait peine à se contenir et finalement il l'a entrepris sévèrement au sujet de sa conduite du samedi, quinze jours auparavant. Gowing se montra surpris : « Comment cela ! Je vous ai envoyé une lettre dans la matinée pour annuler l'invitation. » « Je ne l'ai jamais reçue », lui dis-je. « C'est que la lettre se sera égarée, voilà tout. Ce sont des choses qui arrivent, n'est-ce pas ? » « En tout cas, moi je n'ai rien reçu », repartit sèchement Cummings. Gowing répondit : « J'ai chargé Pooter de vous faire la commission car j'étais pressé. Quoi qu'il en soit, je me renseignerai au bureau de poste, et pour l'invitation, ce n'est que partie remise. » J'ajoutai que cette fois j'espérais qu'il serait présent. Ce qui fit éclater de rire Carrie, et même Cummings eut de la peine à garder son sérieux.

Dimanche 10 février – Contrairement à mes désirs, Carrie a accepté l'invitation de Lupin d'aller faire une promenade cet après-midi dans sa voiture. Je désapprouve hautement le fait de conduire le dimanche, mais comme je ne voulais pas laisser Carrie aller toute seule avec Lupin, j'ai proposé de les accompagner. Lupin a dit : « C'est gentil à vous, mais si ça ne vous fait rien, nous vous mettrons sur le siège arrière. »

Lupin a ensuite enfilé une espèce d'immense manteau bleu électrique dans lequel il avait l'air de flotter. Carrie lui dit qu'il avait besoin d'être repris dans le dos. « C'est la première fois que vous voyez une tenue de conducteur ? C'est fait exprès pour la conduite. »

Il peut porter ce qu'il voudra à l'avenir, car je ne remonterai plus jamais en voiture avec lui. Sa conduite est déplorable. Lorsque nous avons traversé Highgate Archway, il a essayé de dépasser tout le monde. Il s'est mis à crier à des gens respectables, qui marchaient tranquillement le long de la route, de s'écarter de son chemin. Il se permit même de fouetter la monture d'un cavalier – un vieil homme –, ce qui amena le cheval à se cabrer. Et comme j'étais assis à l'arrière, le dos tourné au conducteur, je dus essuyer les quolibets d'une bande de malotrus qui étaient dans une charrette tirée par un âne, dont Lupin s'était moqué, et qui nous poursuivirent de leurs sarcasmes pendant presque un mille, sans parler des pelures d'orange qu'ils nous lancèrent à la figure.

Pour toute excuse, Lupin s'est contenté de nous dire que le prince de Galles devait lui aussi subir ce genre d'outrage pour aller assister au Derby, ce qui fut pour Carrie et pour moi une piètre consolation. Frank Mutlar est passé dans la soirée et Lupin est sorti avec lui.

11 février – Toujours un peu inquiet au sujet de Lupin, je rassemble mon courage et décide d'aller parler de lui à Mr Perkupp. Celui-ci a toujours été très bon avec moi, aussi je lui raconte tout, y compris notre petite équipée d'hier. Mr Perkupp me répond aimablement : « Vous n'avez aucune raison de vous tourmenter ainsi, monsieur Pooter. Il n'est pas possible qu'un fils qui a d'aussi bons parents tourne mal. Ce n'est encore qu'un jeune homme. Il faut qu'il jette sa gourme. Il s'amendera avec l'âge. » Les paroles de cet homme que j'estime profondément m'ont été d'un grand réconfort. Lupin est passé dans la soirée.

Après notre petit dîner, il nous a dit : « Mes chers parents, j'ai quelques nouvelles à vous apprendre qui, je le crains, vous affecteront considérablement. » J'eus alors comme un serrement de cœur, mais je le laissai continuer. « Cela vous peinera peut-être – cela vous peinera même sûrement – mais cet après-midi j'ai décidé de me défaire de mon attelage. » Cela peut paraître absurde, mais j'étais si heureux que j'ai immédiatement débouché une bouteille de porto. Gowing est arrivé sur ces entrefaites, juste à temps pour trinquer avec nous. Il avait apporté avec lui un grand drap sur lequel était imprimé un âne sans queue, qu'il fixa contre le mur. Il produisit ensuite plusieurs queues séparées, et nous passâmes le reste de la soirée à essayer de placer, les yeux bandés, une des queues au bon endroit. J'étais plié en quatre à force de rire quand je suis monté me coucher.

12 février – Dans la soirée, j'ai parlé à Lupin de ses fiançailles avec Daisy Mutlar. Je lui ai demandé s'il avait de ses nouvelles. Il m'a répondu : « Non. Elle a promis à son vieil imbécile de père de ne plus communiquer avec moi. Bien sûr, je vois toujours Frank Mutlar. En fait, il pourrait bien passer ce soir. » Frank est effectivement venu, mais il a dit qu'il ne pourrait pas rester, car il avait un ami qui l'attendait dehors, un dénommé Murray Posh, quelqu'un d'important à ce qu'il paraît. Carrie a prié Frank de le faire entrer.

Mr Murray Posh.

On le fit entrer et Gowing est arrivé au même moment. Mr Murray Posh est un grand jeune homme, assez corpulent, d'un tempérament visiblement nerveux, comme il nous l'a avoué plus tard, étant de ces personnes qui ne prennent jamais un fiacre sans s'être d'abord assurées que le cocher est installé sur son siège et qu'il tient bien les rênes en main.

Gowing, à qui on venait de le présenter, dit avec son manque de tact habituel : « Posh, Posh, ça me dit quelque chose. Vous ne seriez pas apparenté aux Posh des chapeaux bon marché par hasard ? » « Tout juste, répondit Mr Posh, mais comprenez bien que ce n'est pas moi qui les essaie. Il y a des gens pour ça. »

« J'aimerais bien avoir une affaire comme la vôtre », interrompis-je. Mr Posh parut content, car il se lança dans une très longue et très instructive histoire concernant les difficultés inhérentes à la fabrication des chapeaux bon marché.

Murray Posh avait l'air de très bien connaître Daisy Mutlar, à voir la manière dont il en parlait. À un moment donné, Frank dit à Lupin en riant : « Si tu ne fais pas attention, il va te la souffler ! » Une fois qu'ils furent partis, je fis allusion à ces paroles un peu lestes ; à quoi Lupin me répondit d'un air sarcastique : « Un homme jaloux n'a aucun respect de lui-même. Un homme qui serait jaloux d'un éléphant comme Murray Posh perdrait tout respect de lui-même. Je connais Daisy. Elle m'attendrait dix ou même vingt ans, si c'était nécessaire. »

CHAPITRE XVI

Nous perdons de l'argent ainsi que Cummings à cause de Lupin qui nous a mal conseillés en matière d'investissement boursier. Murray Posh est fiancé à Daisy Mutlar.

18 février – Carrie a attiré récemment plusieurs fois mon attention sur la minceur de mes cheveux au sommet de mon crâne, et m'a recommandé d'en parler à mon coiffeur. J'ai essayé ce matin de m'en rendre compte à l'aide d'un petit miroir à main, quand, je ne sais comment, j'ai heurté le coin de la commode avec le coude et fait tomber le miroir qui s'est brisé à mes pieds. Carrie était extrêmement contrariée, car elle a toujours été un peu superstitieuse pour ce genre de choses. Pour comble de malchance, la grande photographie de moi qui est au salon est tombée elle aussi durant la nuit et le verre s'est brisé.

Carrie m'a dit : « Retiens bien ce que je te dis, Charles, il va nous arriver un malheur. »

Je lui ai répondu : « Que veux-tu qu'il nous arrive ? »

Ce soir, Lupin est rentré plus tôt que d'habitude. Il avait l'air un peu nerveux.

Je lui dis : « Eh bien, mon garçon, que se passe-t-il ? »

Il hésita un bon moment et finit par me dire : « Vous savez, ces chlorates que je vous ai conseillé d'acheter ? »

« Oui, eh bien quoi, c'est un bon placement, j'espère ? »

« Eh bien, non, me répondit-il. À la surprise générale, ils se sont effondrés. »

J'étais tellement interloqué que je n'ai rien pu dire.

Carrie, me regardant, dit : « Qu'est-ce que je t'avais dit ? »

Lupin, au bout d'un moment, me dit : « Vous avez encore de la chance. J'ai reçu un tuyau avant la fermeture des cours et j'ai pu tout vendre pour deux livres. Vous n'avez donc pas tout perdu. »

Après avoir poussé un soupir de soulagement, je lui dis : « Je n'étais tout de même pas assez fou pour croire, comme tu me l'avais prédit, que je multiplierais par six ou sept le montant de mon investissement ; toutefois, un profit de deux livres est un bon pourcentage pour une aussi courte période. »

Lupin me répondit d'un ton irrité : « Vous n'y êtes pas du tout. J'ai vendu toutes vos actions, soit vingt livres, pour deux livres. Vous perdez donc dix-huit livres dans la transaction, tandis que Cummings et Gowing, eux, ont perdu tout leur avoir. »

19 février – Avant de sortir, Lupin m'a dit : « Je suis désolé pour ces chlorates. Cela ne serait pas arrivé si le patron, Job Cleanands, avait été à Londres. Entre nous, vous ne devez pas être surpris si les choses ne marchent pas très bien au bureau en ce moment. Cela fait plusieurs jours que Job Cleanands n'a pas paru et j'ai idée que plusieurs personnes seraient particulièrement désireuses de le voir. »

Dans la soirée, Lupin s'apprêtait à sortir pour éviter une collision avec Gowing et Cummings, lorsque celui-là entra dans la pièce sans frapper avec sa façon irritante de dire, une fois qu'il est rentré : « Puis-je entrer ? »

À notre surprise, à Lupin et à moi, il paraissait d'excellente humeur. Nous nous gardâmes bien d'aborder le sujet qui nous brûlait les lèvres. C'est lui qui nous en parla le premier. « Dites donc, ces chlorates du Parachikka, quelle dégringolade ! Vous êtes un rigolo, maître Lupin. Combien perdez-vous ? » « Oh, je n'avais rien mis. Il y avait un vice de forme dans ma demande, j'ai dû oublier d'inclure le chèque, ou je ne sais quoi. Mon paternel, lui, perd dix-huit livres. »

Je lui dis : « Comment ! Je croyais que tu en étais, toi aussi, sinon je n'aurais jamais osé spéculer. »

Lupin me répondit : « Dame, je n'y peux rien. La prochaine fois, il faudra doubler la mise. »

Gowing, avant même que j'aie pu répondre, intervint : « Oh, moi, heureusement, je ne perds rien. Comme je n'étais pas très chaud, j'ai demandé à Cummings de retirer ma mise, car il y croyait plus que moi. »

Là-dessus, Lupin est parti d'un énorme éclat de rire que j'ai jugé des plus inconvenants. « Pauvre Cummings ! s'est-il écrié. Il va perdre trente-cinq livres. » Au même moment, on sonna à la porte. Lupin dit : « Je ne veux pas rencontrer Cummings. » S'il était sorti par la porte, il l'aurait croisé dans le couloir, c'est pourquoi il a sauté par la fenêtre du salon. Gowing lui a aussitôt emboîté le pas, en s'écriant : « Je ne tiens pas à le rencontrer non plus ! »

Pour ma part, j'étais horrifié de voir mon propre fils et l'un de mes amis les plus chers quitter la maison comme un couple de cambrioleurs interrompus dans leur travail. Ce pauvre Cummings était bien sûr bouleversé et aussi très en colère contre Lupin et Gowing.

Comme j'insistais pour lui offrir un petit whisky, il m'a répondu qu'il avait renoncé au whisky mais que, par contre, il prendrait bien un sherry. Du « sec », a-t-il précisé, car on le lui avait recommandé comme remontant. Comme je n'en avais pas à la maison, j'ai envoyé Sarah en chercher une bouteille chez Lockwood.

20 février – La première chose qui attira mon regard en ouvrant le *Standard* a été cette manchette : « Faillite d'une importante agence de change. Mr Job Cleanands a pris la fuite ! » Je tendis le journal à Carrie qui me dit : « Oh, c'est peut-être aussi bien pour Lupin. Je n'ai jamais pensé que c'était une situation pour lui. » Je trouve tout cela infiniment déplorable.

Lupin est descendu déjeuner, et, voyant son air peiné, je lui ai dit : « Nous connaissons la nouvelle, mon cher garçon, et nous sommes désolés pour toi. » Lupin s'est écrié : « Comment l'avez-vous apprise ? Qui vous l'a dit ? » Je lui montrai la manchette du *Standard*. Il écarta le journal en disant : « Oh, ça m'est bien égal ! Je m'attendais à cela, mais pas à ceci. » Et il nous lut une lettre de Frank Mutlar annonçant le mariage de Daisy Mutlar et de Murray Posh pour le mois prochain. Je m'exclamai : « Murray Posh ! N'est-ce pas ce jeune homme que Frank a eu l'impudence d'amener ici mardi dernier ? » « Oui, c'est le type aux chapeaux à trois shillings. »

Nous avons ensuite pris notre petit déjeuner dans un silence de mort.

En fait, je n'ai rien pu avaler. Je n'étais pas seulement en souci, il y avait aussi le bacon. Si je ne peux pas l'avoir entrelardé, eh bien, je m'en passerai.

Quand Lupin s'est levé pour partir, son visage s'est éclairci d'un sourire malicieux. Je lui ai demandé ce que ça voulait dire. Il m'a répondu : « Oh, rien qu'une petite consolation, mais tout de même c'est une consolation. Je viens de me rappeler que, sur *mon* conseil, Mr Murray Posh a investi six cents livres dans les chlorates ! »

CHAPITRE XVII

Mariage de Daisy Mutlar et de Murray Posh. Je réalise le rêve de ma vie. Mr Perkupp engage Lupin dans sa firme.

20 mars – Comme c'est aujourd'hui que Daisy Mutlar et Mr Murray Posh doivent se marier, Lupin est allé passer la journée chez un ami à Gravesend. Notre fils a été très affecté par cette affaire, bien qu'il se déclare enchanté que tout soit terminé. Je voudrais bien qu'il ne fréquente pas autant les music-halls et qu'il sorte un peu moins le soir, mais on n'ose rien lui dire. En ce moment, il m'agace à un point qu'on ne peut pas se figurer en serinant toute la sainte journée une rengaine idiote : « Qu'est-ce qu'a Mr Gladstone ? Il va très bien, Mr Gladstone. Qu'est-ce qu'a Lupin ? Il va très bien, Mr Lupin. » À mon avis, ni l'un ni l'autre ne vont très bien. Dans la soirée, Gowing est passé et le principal sujet de conversation a été le mariage de Daisy avec Murray Posh. J'ai dit que j'étais heureux que cette affaire soit terminée, car Daisy n'aurait fait que rendre Lupin ridicule. À quoi Gowing a répliqué avec son bon goût habituel : « Oh, Lupin n'a besoin de personne pour se rendre ridicule. » Carrie n'a guère apprécié cette sortie et Gowing a eu toutefois la décence de s'excuser.

21 mars – Aujourd'hui, j'ai l'intention de mettre un point final à mon journal, car c'est l'un des plus beaux jours de ma vie. Mon rêve de ces dernières semaines – en fait depuis bien des années – s'est enfin réalisé. Ce matin, j'ai reçu une lettre de Mr Perkupp me demandant d'amener avec moi Lupin au bureau. Je suis monté frapper à la porte de sa chambre. Le pauvre garçon était très pâle, et il s'est plaint d'une forte migraine. Il est rentré hier soir de Gravesend où il a passé une partie de la journée à faire du canotage en ayant oublié de prendre son pardessus. Je lui ai montré la lettre de Mr Perkupp, et il s'est levé aussi rapidement que possible. Je lui ai demandé de ne pas mettre de vêtements trop voyants mais de s'habiller en sombre.

Carrie était très émue en lisant la lettre et tout ce qu'elle pouvait dire, c'était : « Oh, j'espère vraiment que tout se passera bien. » Pour ma part, je n'ai presque rien pu manger. Lupin est descendu convenablement vêtu ; il avait l'air d'un parfait gentleman, si ce n'est qu'il avait le teint un peu brouillé. Carrie lui dit pour l'encourager : « Tu présentes bien, Lupin. Je suis fière de toi. » À quoi Lupin a répondu : « N'est-ce pas ? C'est un bon déguisement. Lupin-Pooter-jeune-employé-de-première-classe-dans-une-firme-de-la-City. » Et là-dessus, il est parti d'un rire sardonique.

Dans le vestibule, je l'ai entendu crier à Sarah d'aller lui chercher son vieux chapeau. Je suis allé voir ce qui se passait et j'ai trouvé Lupin en train de piétiner un chapeau haut de forme tout neuf. Je lui ai demandé : « Lupin, mon garçon, qu'est-ce que tu fais là ? Tu n'as pas honte ! Il y a des pauvres gens qui seraient bien contents de l'avoir. » Lupin m'a répondu : « Je ne voudrais pas insulter un pauvre en lui donnant une pareille guenille. »

Une fois qu'il fut parti, j'ai ramassé le chapeau et j'ai lu sur la bande à l'intérieur : « Posh ». Pauvre Lupin ! Je lui pardonne. Il m'a semblé que nous n'arriverions jamais au bureau. Mr Perkupp a fait appeler Lupin qui est resté avec lui près d'une heure. Je l'ai vu ensuite ressortir de son bureau, l'oreille basse et la mine défaite. Je lui ai demandé : « Eh bien, Lupin, comment as-tu trouvé Mr Perkupp ? » Et Lupin de me répondre en chantonnant : « Mais il est très bien, ce type-là ! » J'ai tout de suite compris que mon garçon avait été engagé. Je suis allé trouver Mr Perkupp, mais j'étais trop ému pour parler. Il m'a dit : « Eh bien, monsieur Pooter, qu'y a-t-il ? » J'ai dû avoir l'air d'un imbécile, car tout ce que j'ai trouvé à dire a été : « Monsieur Perkupp, vous êtes un brave homme. » Il m'a regardé un moment et m'a dit : « Non, monsieur Pooter, c'est vous le brave homme, et nous allons essayer de faire en sorte que votre fils suive votre exemple. » Je lui ai répondu : « Monsieur Perkupp, puis-je rentrer à la maison ? Je sens qu'aujourd'hui je ne pourrai plus travailler. »

Mon bon maître m'a serré chaleureusement la main tout en hochant la tête. Je me demande comment j'ai fait pour ne pas pleurer dans l'autobus ; en fait, je crois bien que je n'aurais pas pu m'en empêcher, si mes pensées n'avaient pas été interrompues par Lupin qui s'était pris de bec avec un gros homme à qui il reprochait de prendre toute la place.

Dans la soirée, Carrie a envoyé chercher notre cher ami Cummings et sa femme, ainsi que Gowing. Nous nous sommes tous assis auprès du feu, et nous avons débouché en l'honneur de Lupin une bouteille de chez « Jackson Frères » que Sarah était allée chercher chez l'épicier. Cette nuit-là, je suis resté éveillé des heures à penser à l'avenir. Mon fils travaillant dans le même bureau que moi ! Nous prendrons le bus ensemble le matin pour aller au travail et nous rentrerons ensemble le soir, et qui sait si avec le temps il ne prendra pas goût à notre petite vie de famille. Il pourra m'aider à planter un clou ici ou là, ou aider sa mère à suspendre un tableau. L'été, il nous donnera un coup de main au jardin. (À propos, il faut que j'achète un pot de vernis.) J'ai pensé à tout cela et à bien d'autres choses encore, toutes plus agréables les unes que les autres. J'ai entendu l'horloge sonner quatre heures et peu après je me suis endormi, pour ne rêver qu'à trois personnes heureuses – Lupin, ma chère Carrie et moi.

CHAPITRE XVIII

J'ai des ennuis avec un stylographe. Nous nous rendons au bal des volontaires d'East Acton, où je me vois contraint de régler une addition salée. Grossièrement insulté par un cocher. Une étrange invitation à se rendre à Southend.

8 avril – Aucun événement marquant, si ce n'est que Gowing m'a fortement recommandé l'achat d'un nouveau stylographe, qui m'a coûté neuf shillings et six pence, que j'aurais mieux fait de dépenser à autre chose. Depuis que j'ai ce stylo, j'ai été constamment ennuyé. Un jour que je tapais la paume de ma main contre mon pupitre pour faire descendre l'encre, Mr Perkupp, qui venait d'entrer, s'est écrié : « Arrêtez ce boucan ! Je suppose que c'est vous, monsieur Pitt ? » À quoi cet énergumène a répondu avec un malin plaisir et de manière à être entendu de tous : « Non, monsieur. C'est Mr Pooter avec son stylo ; ça dure depuis ce matin. » Et le pire, c'est que j'ai aperçu Lupin qui riait derrière son pupitre. J'ai jugé préférable de ne rien dire. J'ai rapporté le stylo au magasin et je leur ai demandé s'ils pouvaient le reprendre, vu qu'il ne fonctionnait pas. Je ne m'attendais bien sûr pas à être remboursé intégralement, j'étais prêt à accepter la moitié du prix. Le vendeur m'a dit que ce n'était pas dans leurs habitudes et qu'acheter et vendre étaient deux opérations distinctes. La conduite de Lupin depuis qu'il a été embauché dans le bureau de Mr Perkupp a été exemplaire. Je ne crains qu'une chose, c'est que ça ne dure pas.

9 avril – Gowing est passé, apportant avec lui une invitation pour Carrie et moi à un bal donné par la société de tir d'East Acton, dont il attend monts et merveilles, le député d'East Acton (Sir William Grime) ayant promis son patronage. Nous l'avons remercié de sa bonté, et l'avons invité à dîner. J'en ai profité pour déboucher une bouteille de ce mousseux d'Algéra que Mr James (de Sutton) nous a envoyé comme présent. C'est un vin qui ressemble beaucoup au cidre, en plus acide. J'ai suggéré que c'était peut-être le tonnerre qui lui avait donné cette acidité. Gowing a répondu : « Oh, je ne pense pas. En matière de vins, j'ai pour politique de m'en tenir aux marques connues. » Nous avons fait une très agréable partie de cartes, quoique j'aie perdu quatre shillings et que Carrie en ait perdu un. Gowing a reconnu qu'il avait perdu six pence, mais je me demande bien comment il a pu perdre vu que Carrie et moi étions les seuls autres joueurs.

Dimanche 14 avril – En raison, je présume, du temps incertain, je me suis réveillé avec la sensation d'avoir la peau du visage toute parcheminée. En faisant le tour du jardin avec Mr et Mrs Treane, membres de notre paroisse, qui étaient rentrés de l'église avec nous, j'ai été extrêmement contrarié de trouver au milieu de l'allée de gravillons un tas d'os enveloppés dans une feuille de papier journal qui, de toute évidence, avaient été jetés là par les fils de nos voisins, les jeunes Griffin. C'est toujours la même histoire : chaque fois que nous recevons des amis, ces garnements se réfugient dans leur serre et, le visage collé aux vitres, se livrent à toutes sortes de facéties.

15 avril – Me suis brûlé le bout de la langue avec de la sauce Worcester par la faute de cette stupide Sarah qui avait violemment secoué la bouteille avant de la poser sur la table.

16 avril – C'est ce soir qu'a lieu le bal de la société de tir d'East Acton. J'ai demandé à Carrie de mettre la robe qu'elle portait au bal de la Mansion House, et qui lui allait si bien, car j'ai pensé, comme il s'agit d'un bal militaire, que Mr Perkupp, qui, je crois, est officier honoraire dans une compagnie d'artillerie, risquait d'être présent.

L'invitation étant pour huit heures et demie, j'en ai conclu que si nous arrivions avec une demi-heure de retard, nous serions dans les temps, sans passer pour des « provinciaux », comme dit Mrs James. Nous avons eu beaucoup de peine à trouver l'endroit, le cocher ayant dû descendre à plusieurs reprises pour demander son chemin. Je ne comprends pas qu'on puisse habiter des coins aussi perdus. Personne n'avait l'air de savoir où c'était. Cependant, après avoir parcouru quantité de rues mal éclairées, nous sommes arrivés à destination. J'ai donné cinq shillings au cocher pour sa course. Il s'est contenté de marmonner dans sa barbe que c'était pas cher payé et m'a conseillé de prendre le bus la prochaine fois que je me rendrais à un bal.

Les jeunes Griffin se livrant à toutes sortes de facéties.

Le capitaine Welcut nous a reçus en nous disant que nous étions un peu en retard, mais que mieux valait tard que jamais. C'est un assez bel homme, quoiqu'« un peu court de taille pour un officier » d'après Carrie. Il s'est excusé de nous abandonner, car il avait promis la prochaine danse et nous a invités à passer au vestiaire. Carrie a pris mon bras, et nous avons parcouru les différentes salles deux ou trois fois en regardant les gens danser. Je n'ai reconnu personne, mais j'explique cela par le fait que la plupart des gens portaient un uniforme. En entrant dans la salle à manger, je reçus une tape sur l'épaule, suivie d'une chaleureuse poignée de main. « Monsieur Padge, je crois bien ? » « C'est exact. »

Je donnai une chaise à Carrie qui s'assit à côté d'une dame qui sympathisa tout de suite avec elle.

Le repas fut copieux, la chère abondante et fine, le vin à volonté, champagne, bordeaux, etc., bref, on n'avait pas lésiné sur la marchandise. Je n'éprouve pas, je l'avoue, une sympathie particulière pour Mr Padge, mais j'étais si heureux de rencontrer quelqu'un de connaissance que je l'ai invité à notre table, et je dois dire que pour un homme de sa taille et de sa corpulence il portait fort bien l'uniforme, même si sa tunique rebiquait légèrement dans le dos. Nous étions les seuls dans la salle de banquet, tout le monde étant occupé à danser.

J'ai servi du champagne à Carrie et à sa nouvelle connaissance, une certaine Mrs Lupkin, et j'ai tendu ensuite la bouteille à Mr Padge en le priant d'en faire autant. Il m'a répondu : « Et comment donc ! » Il a levé son verre à la santé de Carrie et à celle de « son maître et seigneur ». On nous a servi à tous un excellent pâté de pigeon suivi de glaces.

Les garçons nous ont demandé si nous désirions encore un peu de vin. J'ai aidé Carrie et son amie à se servir, ainsi que Mr Padge et quelques autres personnes qui venaient de la salle de bal et qui se sont montrées fort civiles avec moi. J'ai même pensé sur le moment qu'il y avait là certains messieurs de la City qui me connaissaient. J'ai donc aidé plusieurs dames à se servir de glace en me rappelant le vieux proverbe qui dit qu'« on ne perd rien à être poli ».

L'orchestre attaqua ensuite une valse et la salle à manger se vida peu à peu. Comme ces dames (Carrie et Mrs Lupkin) étaient désireuses de voir les gens danser, et que je n'avais pas tout à fait terminé mon repas, Mr Padge s'est proposé de les escorter dans la salle de bal. Je lui ai dit : « Pour un peu on se croirait dans le West End », à quoi il a répondu : « C'est exact. »

Comme je me levais de table après avoir fini mon repas, le garçon qui nous avait servis attira mon attention en posant sa main sur mon épaule. Je trouvai étrange qu'un garçon réclamât un pourboire dans un bal privé, mais je lui donnai néanmoins un shilling, car il s'était montré très courtois. Il me répondit en souriant : « Je vous demande pardon, monsieur, mais ce n'est pas suffisant. Vous avez pris quatre soupers à cinq shillings par tête, cinq glaces à un shilling, trois bouteilles de champagne à onze shillings six pence, un verre de bordeaux et un cigare à six pence pour le gros monsieur, soit un total de trois livres, zéro shilling, six pence. »

Je ne crois pas avoir jamais été autant surpris de ma vie ; c'est à peine si je trouvai en moi assez de souffle pour lui répondre que j'avais reçu une invitation privée, à quoi il répondit qu'il en était parfaitement conscient, mais que l'invitation ne comprenait ni le boire ni le manger. Un monsieur qui se tenait près du bar confirma les propos du garçon et m'assura que c'était tout à fait exact.

Le garçon déclara qu'il était navré de ce malentendu, mais qu'il n'y était pour rien. Bien entendu, il n'y avait rien d'autre à faire qu'à payer, et en retournant le fond de mes poches, j'arrivai tout juste à rassembler la somme nécessaire, moins neuf shillings, dont le gérant, au vu de ma carte, me fit cadeau en me disant : « C'est en ordre. »

Je ne crois pas avoir jamais été plus humilié de ma vie, et je me promis de n'en rien dire à Carrie pour ne pas gâcher son plaisir. Pour moi, il n'était plus question de m'amuser ce soir-là et comme il était déjà tard, j'allai chercher Carrie et Mrs Lupkin. Carrie me dit qu'elle était prête à partir et comme nous souhaitions bonne nuit à Mrs Lupkin, celle-ci nous demanda si nous connaissions Southend. Comme je lui avais répondu que je n'y étais pas retourné depuis des années, elle nous dit très gentiment : « Eh bien, pourquoi ne viendriez-vous pas passer quelques jours chez nous ? » Comme son invitation paraissait pressante et voyant que Carrie avait envie d'y aller, nous lui promîmes de lui rendre visite samedi prochain et de rester jusqu'à lundi. Mrs Lupkin nous dit qu'elle nous écrirait demain, en nous donnant son adresse ainsi que l'horaire des trains, etc.

En sortant du Drill Hall, il pleuvait si fort que les routes ressemblaient à des canaux et nous eûmes beaucoup de difficulté, je n'ai pas besoin de le dire, à trouver un fiacre qui voulût bien nous conduire à Holloway. Après avoir attendu un bon moment, nous trouvâmes un cocher qui accepta de nous emmener jusqu'à l'« Ange » à Islington, où nous n'aurions aucune peine à en trouver un autre qui nous conduirait à destination. Le trajet fut ennuyeux au possible ; la pluie battait contre les vitres et dégoulinait à l'intérieur de la voiture.

Lorsque nous arrivâmes à l'« Ange », le cheval paraissait fourbu. Carrie descendit de voiture et courut s'abriter sous l'auvent d'une porte. En cherchant mon portefeuille pour payer, je me rappelai, à ma grande consternation, que je n'avais plus un sou. J'expliquai notre situation au cocher. Je n'ai jamais été aussi insulté de ma vie. Le cocher, qui était un grossier personnage, un peu éméché de surcroît, me traita de tous les noms et me tira même la barbe jusqu'à ce que les larmes me viennent. Je notai le numéro d'un policier (qui fut le témoin de cette agression) parce qu'il avait refusé d'arrêter mon agresseur. Le policier me rétorqua qu'il ne pouvait pas intervenir, car il n'avait pas vu d'agression et que de toute façon on ne devait pas prendre de taxi quand on n'avait pas d'argent.

Nous dûmes marcher sous une pluie battante pendant près de deux milles avant de regagner la maison, et une fois arrivé, je transcrivis mot pour mot la conversation que j'avais eue avec le cocher, car j'ai l'intention d'envoyer une lettre au *Telegraph* proposant que les fiacres soient désormais conduits par des hommes assermentés, afin d'épargner à des civils le genre d'outrage que je venais de subir.

17 avril – La citerne est à nouveau vide. Envoyé chercher Putley qui nous a répondu que la réparation serait vite faite, la citerne étant en zinc.

18 avril – La citerne est réparée. Mrs James, de Sutton, est passée cet après-midi. Avec Carrie elle a recouvert d'un napperon le dessus de la cheminée du salon, sur lequel elle a disposé toutes sortes de babioles telles que grenouilles, araignées, scarabées, etc. Mrs James prétend que ce genre de décoration est à la mode, et bien entendu, Carrie fait tout ce que lui suggère Mrs James. Pour ma part, je préférais le manteau de cheminée tel qu'il était auparavant ; mais je suis un homme simple et ne prétends pas m'y connaître en matière de mode.

19 avril – Notre voisin de porte, Mr Griffin, m'a accusé grossièrement, moi ou « quelqu'un d'autre », d'avoir creusé un trou dans sa citerne, afin d'utiliser son eau pour approvisionner la nôtre qui est contiguë à la sienne. Il nous a dit qu'il allait faire réparer la sienne et qu'il nous enverrait la note.

20 avril – Cummings est venu nous rendre visite. Il boitillait et s'appuyait sur une canne. Il venait de passer une semaine allongé sur le dos. Il essayait, semble-t-il, de fermer la porte de sa chambre à coucher, qui est située juste en haut de l'escalier, mais un fragment de liège avec lequel le chien avait joué à son insu s'était logé en travers de la porte et l'empêchait de fermer. Aussi, en tirant violemment sur la poignée, celle-ci lui était restée entre les mains et il était tombé en arrière dans l'escalier.

En entendant cela, Lupin a sauté à bas du divan sur lequel il était allongé et a quitté précipitamment la pièce. Cummings remarqua d'un air indigné que le fait d'avoir failli se briser la colonne n'avait rien de drôle ; et bien que j'eusse ma petite idée sur la raison de rire de Lupin, j'assurai à Cummings qu'il n'était sorti que pour aller ouvrir la porte à un ami qu'il attendait. Cummings observa que c'était la seconde fois qu'il avait dû garder la chambre en l'espace de six mois et que nous ne nous étions même pas dérangés pour prendre de ses nouvelles. Je m'excusai en disant que je n'en avais rien su, à quoi il me répondit : « C'était marqué dans la *Gazette vélocipédiste.* »

22 avril – Depuis quelque temps j'ai observé que Carrie se frottait souvent les ongles avec un instrument et, lui ayant demandé ce qu'elle faisait, elle me répondit en riant : « Oh, c'est pour limer les ongles. C'est la mode à présent. » « Je suppose que c'est encore Mrs James qui t'a fourré cette idée dans la tête. » Carrie répondit en riant : « Oui, mais tout le monde fait cela maintenant. »

Je voudrais bien que Carrie cesse de voir Mrs James. Chaque fois que cette dernière vient à la maison, c'est toujours pour lui tournebouler la cervelle avec quelque idée nouvelle. Si ça continue comme ça, un de ces jours je lui fermerai la porte au nez. Je suis certain que c'est Mrs James qui a donné à Carrie l'idée d'écrire avec de l'encre blanche sur du papier à lettres couleur ardoise. Sottises !

23 avril – Reçu une lettre de Mrs Lupkin, de Southend, nous indiquant l'heure du train de samedi et espérant que nous tiendrions notre promesse de venir chez elle. La lettre se terminait par ces mots : « Il faut que vous descendiez chez nous. Nous vous ferons payer la moitié de ce qu'ils vous demanderaient au *Royal*, et la vue est tout aussi belle. » En regardant l'adresse en haut de la page, j'ai lu : « Hôtel commercial et familial. Propriétaire : Lupkin ».

Je lui ai répondu que nous étions obligés de « décliner son aimable invitation ». Carrie a trouvé cette formulation tout à fait appropriée.

À propos, je ne choisirai plus de tissu de nuit pour un complet. J'ai commandé un nouveau complet d'été chez Edwards et j'ai choisi le dessin à la lumière artificielle ; la couleur de l'étoffe paraissait sel et poivre, avec de fines rayures blanches. Il est arrivé ce matin et, à ma grande stupéfaction, je me suis aperçu que la couleur tirait sur le vert, avec des raies d'un jaune criard.

J'ai enfilé le veston et j'ai été ennuyé de voir que Carrie me regardait en gloussant. Elle m'a dit : « Quelle couleur as-tu demandée ? » « Poivre et sel. Quelque chose de sobre. » « Eh bien, si tu veux mon avis, c'est plutôt moutarde. »

CHAPITRE XIX

Je rencontre Teddy Finsworth, un ancien camarade de classe. Nous passons une agréable soirée chez son oncle, gâchée seulement par quelques remarques maladroites de ma part concernant les tableaux de Mr Finsworth. Il est question de rêves.

27 avril – Resté un peu plus tard que d'habitude au bureau. Comme je pressais le pas pour rentrer, un homme m'arrêta en disant : « Eh bien, voilà un visage que je connais. » Je répondis poliment : « C'est très possible. Beaucoup de gens me connaissent que je ne connais pas. » « Mais vous me connaissez – Teddy Finsworth ! » En effet. Nous étions à l'école ensemble. Je ne l'avais pas vu depuis des années. Rien d'étonnant à ce que je ne l'aie pas reconnu ! En classe, il avait au moins une tête de plus que moi. Et maintenant, c'est moi qui ai une tête de plus que lui. Et en plus il a une barbe épaisse, presque grise. Il a insisté pour m'offrir un verre de vin et m'a dit qu'il vivait à Middlesbrough, où il occupait le poste de conseiller municipal, poste aussi important que celui de conseiller municipal de la ville de Londres, voire plus important. Il a ajouté qu'il était pour quelques jours à Londres chez son oncle, Mr Edgar Paul Finsworth (de Finsworth & Pultwell) et m'a assuré que ce dernier qui habitait Watney Lodge, une charmante maison à quelques minutes de Muswell Hill Station, serait ravi de faire ma connaissance. Je lui ai donné notre adresse et nous nous sommes quittés.

Dans la soirée, il est venu, à ma grande surprise,

apporter une lettre fort aimable de Mr Finsworth, nous invitant, Carrie et moi, à déjeuner chez lui le lendemain (dimanche) à deux heures. Carrie ne voulait pas y aller, mais Teddy Finsworth a tellement insisté que nous n'avons pu faire autrement. Carrie a envoyé Sarah chez le boucher décommander le gigot que nous avions fait mettre de côté pour demain.

Dimanche 28 avril – Nous avons trouvé Watney Lodge plus loin que nous ne le pensions, ce qui fait que nous n'y sommes arrivés qu'à deux heures juste, légèrement essoufflés. Pour comble de malchance, un gros chien collie s'est précipité sur nous avec force aboiements pour nous accueillir. Il a même sauté sur Carrie, posant ses pattes crottées sur sa jupe claire, qu'elle portait pour la première fois. Teddy Finsworth est arrivé et a chassé le chien en s'excusant. On nous a invités ensuite à passer au salon qui était très joliment décoré. Il y avait des bibelots un peu partout et des assiettes accrochées aux murs. J'ai aussi remarqué plusieurs petits tabourets à traire ornés de peintures, ainsi qu'un banjo en bois blanc peint par l'une des nièces de Mr Paul Finsworth – une cousine de Teddy.

Mr Paul Finsworth est un gentleman d'allure très distinguée qui s'est tout de suite montré très galant avec Carrie. Il y avait également beaucoup d'aquarelles très brillantes aux murs, représentant principalement des vues de l'Inde. Mr Finsworth nous apprit qu'elles avaient été peintes par un certain « Simpz », ajoutant que bien que n'étant pas un expert en matière de tableaux, il tenait de bonne source qu'elles valaient plusieurs centaines de livres, quoiqu'il les eût achetées pour une bouchée de pain, cadres compris, lors d'une vente aux enchères dans le voisinage.

Il y avait également un grand pastel qui avait l'air d'un tableau religieux, superbement encadré. J'ai été surtout frappé par le col de dentelle qui paraissait si réel, mais j'ai malheureusement remarqué à haute voix qu'il y avait dans l'expression du visage quelque chose de désagréable. Il avait l'air pincé. Mr Finsworth me répondit d'un ton chagrin : « Oui, le visage a été peint *post mortem*. C'était la sœur de ma femme. »

Je me suis senti terriblement gêné et l'ai prié de m'excuser en lui disant à voix basse que j'espérais n'avoir pas blessé ses sentiments. Nous sommes restés tous les deux un bon moment en silence à regarder le tableau, puis Mr Finsworth a tiré un mouchoir de sa poche, en disant : « Je la revois encore assise dans notre jardin l'été dernier », puis il s'est mouché bruyamment. Il avait l'air très ému. J'ai détourné la tête et mon regard est tombé sur le portrait d'un homme entre deux âges d'allure joviale, au visage rougeaud, coiffé d'un chapeau de paille. « Qui est cet homme d'allure joviale ? ai-je demandé. La vie n'a pas l'air de le préoccuper beaucoup. » « En effet, répondit Mr Finsworth. Il est mort lui aussi. C'était mon frère. »

J'étais absolument horrifié par ma maladresse. J'aurais voulu ravaler mes paroles. Heureusement, à ce moment-là, Carrie est entrée avec Mrs Finsworth, qui l'avait fait monter à l'étage pour qu'elle puisse enlever son chapeau et brosser sa jupe. Teddy observa : « Short est en retard. » Or au même moment, le monsieur en question est arrivé et Teddy fit les présentations en disant : « Vous connaissez Mr Short ? » « Je n'ai pas ce plaisir, répondis-je en souriant, mais j'espère que je rencontrerai Mr Short dans un temps *court*[1]. »

De toute évidence, il ne comprit pas ma petite plaisanterie, bien que je l'eusse répétée deux fois en l'accompagnant d'un petit rire. Je me suis soudain souvenu que c'était dimanche, et j'ai pensé que Mr Short était peut-être quelqu'un de très *particulier*[2].

En quoi je me trompais, du moins si j'en juge par certaines réflexions qu'il fit après déjeuner. En fait, une de ses observations m'a fait tellement honte que je me suis permis d'en faire la remarque à Mrs Finsworth, laquelle m'a fort surpris en me répondant : « Oh, c'est un privilégié, vous savez. » Je l'ignorais et j'inclinai la tête pour m'excuser. Je ne vois pas en quoi Mr Short serait privilégié.

Une autre chose qui m'a considérablement agacé

« Il est mort lui aussi. »

1. Jeu de mots sur *short* qui signifie « court ».
2. Appartenant à une secte baptiste.

pendant le repas, c'est que le chien collie, qui avait sauté sur Carrie, fut autorisé à rester sous la table de la salle à manger. Chaque fois que je remuais le pied, il menaçait de me mordre. J'en dis deux mots à Mrs Finsworth, qui répondit : « Oh, ne vous en faites pas, c'est un chien qui aime jouer. » Sur quoi elle se leva pour laisser entrer un affreux petit épagneul appelé Bibbs, qui depuis un bon moment grattait à la porte. Ce toutou parut s'intéresser également à mes souliers, et je découvris après coup qu'il en avait léché tout le cirage. Je n'osais plus me montrer. Mrs Finsworth, qui, je dois le dire, n'est pas d'une délicatesse extrême, m'a dit en guise de réconfort : « Oh, ce n'est pas la première fois que Bibbs fait ça à nos visiteurs. »

Mr Finsworth a ensuite débouché une bouteille d'excellent porto, quoique je me demande s'il est bien judicieux de boire du porto sur de la bière. Cela me rendit un tantinet somnolent et eut pour effet d'étendre les « privilèges » de Mr Short de façon alarmante. La journée étant plutôt fraîche, même pour avril, on avait allumé un feu au salon. Nous nous installâmes dans de profonds fauteuils et Teddy et moi nous mîmes à évoquer nos souvenirs d'écoliers, ce qui eut un effet soporifique sur tous les autres, y compris Mr Short, ce dont, je dois le dire, je ne fus pas fâché.

Nous sommes restés jusqu'à quatre heures et le retour se serait bien passé si nous n'avions pas été importunés par plusieurs imbéciles qui se sont esclaffés en voyant l'état de mes chaussures. Je les ai cirées moi-même en rentrant. Suis allé à l'église dans la soirée, mais eus toutes les peines du monde à rester éveillé. Une chose est certaine : je ne boirai plus jamais de porto sur de la bière.

29 avril – Il m'arrive assez souvent d'être rabroué par Lupin et j'accepte à la rigueur de l'être par Carrie, car j'estime que c'est le privilège d'une épouse, à condition qu'elle n'en abuse pas, mais je tolère difficilement d'être rabroué à la fois par ma femme, mon fils et mes deux invités.

Gowing et Cummings étant passés dans la soirée, je me suis soudain ressouvenu d'un rêve extraordinaire que j'avais fait il y a quelques nuits, et j'ai voulu le leur raconter. J'ai rêvé que j'avais vu d'énormes pains de glace à la devanture d'un magasin éclairé par un immense brasier. J'entrai dans la boutique où il faisait une chaleur torride. Je m'aperçus alors que les blocs de glace étaient en feu. Tout cela me semblait à la fois si réel et si fantastique que je me suis réveillé tout en nage. Lupin s'est alors écrié de son air le plus méprisant : « C'est complètement idiot ! »

Avant même que j'eusse le temps de répondre, Gowing déclara qu'il n'y avait rien d'aussi inintéressant que les rêves des autres.

Je me suis ensuite tourné vers Cummings qui fit chorus avec les autres, et qui trouva mon rêve particulièrement inepte. « En tout cas, lui dis-je, à moi il m'a paru bien réel. » « À vous, peut-être, mais pas à nous. » Et là-dessus, tous de s'esclaffer.

Carrie, qui jusque-là n'avait pas ouvert la bouche, dit : « Presque chaque matin il me raconte ses rêves stupides. » « Très bien, ma chérie, je te promets de ne plus jamais te raconter un seul de mes rêves aussi longtemps que je vivrai, et cela vaut également pour vous autres. » « Vous l'avez entendu ! » s'exclama Lupin en se resservant un verre de bière. On changea brusquement de sujet de conversation et Cummings nous lut un article très instructif sur la supériorité de la bicyclette par rapport au cheval.

CHAPITRE XX

Dîner chez Franching où je fais la connaissance de Mr Hardfur Huttle.

10 mai – Reçu une lettre de Mr Franching, de Peckham, nous invitant à dîner chez lui ce soir à sept heures pour faire la connaissance de Mr Hardfur Huttle, un journaliste américain très célèbre. Franching s'est excusé de nous avoir invités aussi tard, mais deux de ses invités s'étant décommandés à la dernière minute, il n'avait pas cru nous désobliger en nous demandant de les remplacer. Carrie ne tenait pas tellement à se rendre à cette invitation et je dus lui expliquer que Franching était quelqu'un de très riche et de très influent, que nous ne pouvions pas nous permettre d'offenser. « Et il y aura sûrement un bon dîner avec du champagne. » « Qui ne te réussit jamais, comme tu le sais bien ! » repartit sèchement Carrie. Je fis la sourde oreille et envoyai immédiatement un télégramme : « Avec plaisir. Tenue de soirée de rigueur ? »

Rentré de bonne heure pour me donner le temps de m'*habiller*, comme nous en priait le télégramme que nous reçûmes en retour. J'avais demandé à Carrie de me retrouver chez Franching, mais comme elle ne voulait pas, j'ai dû rentrer à la maison pour aller la chercher. Dieu, comme le trajet est long de Holloway à Peckham ! Pourquoi les gens habitent-ils au bout du monde ? Ayant à changer de bus, nous sommes partis beaucoup trop tôt, ce qui fait que nous sommes arrivés à sept heures moins vingt et Franching, à ce que nous a dit son valet, venait juste de monter s'habiller. Toutefois, comme il était en bas lorsque la pendule sonna sept heures, il avait dû s'habiller très rapidement.

Je dois dire que la réception était très distinguée, et bien que nous ne connaissions personne intimement, tous les invités avaient l'air de gens importants. Franching avait fait les choses en grand et embauché un extra. Il y avait des fleurs sur la table autour des lampes, ce qui était du plus bel effet. Le vin était excellent et le champagne coulait à flots. Franching lui-même déclara qu'il n'en avait jamais bu de meilleur. Nous étions dix en tout, et il y avait un menu pour chacun. L'une des invitées déclara qu'elle conservait toujours les menus et elle demanda aux autres convives d'écrire leur nom au dos du sien.

Nous suivîmes tous son exemple à l'exception de Mr Huttle, qui était bien sûr l'hôte de marque.

Le dîner comprenait Mr Franching, Mr Hardfur Huttle, Mr et Mrs Samuel Hillbutter, Mrs Field, Mr et Mrs Purdick, Mr Pratt, Mr R. Kent et enfin, mais non des moindres, Mr et Mrs Charles Pooter. Franching s'excusa de n'avoir pas pour moi de dame que je pusse escorter à la salle à manger. Je répondis que je préférais autant cela, m'avisant après coup que ce n'était pas une remarque très flatteuse à faire.

J'étais assis à table à côté de Mrs Field. Celle-ci m'a donné l'impression d'une femme très entendue, mais malheureusement elle était très sourde. Ça n'avait d'ailleurs pas beaucoup d'importance, car Mr Hardfur Huttle a monopolisé la conversation. C'est un homme très intelligent et qui tient des propos qui, venant d'autres personnes, pourraient sembler inquiétants, voire choquants. J'aimerais tellement pouvoir me rappeler ne fût-ce que le quart de tout ce qu'il a dit ! J'ai néanmoins griffonné quelques notes sur le menu.

Il a fait notamment une observation dont la justesse m'a paru irréfutable, bien que tout à fait contraire à ma façon de penser, naturellement. Mrs Purdick lui ayant dit : « Vous n'êtes sûrement pas un homme très orthodoxe, monsieur Huttle. » À quoi ce dernier répondit d'une voix grave et mélodieuse (ce qui est rare pour un Américain) : « Madame Purdick, "orthodoxe"

« "Orthodoxe" est un mot grandiloquent. »

est un mot grandiloquent suggérant l'immobilisme. Si Christophe Colomb et Stephenson avaient été orthodoxes comme vous dites, on n'aurait certainement jamais découvert l'Amérique ni la locomotive à vapeur. » Il y eut comme un silence de mort. Personne n'osait prendre la parole après une telle réplique. J'estimai quant à moi qu'un tel enseignement était extrêmement dangereux et cependant je ne savais comment répondre à un tel argument. Un peu plus tard, comme Mrs Purdick, qui est la sœur de Franching et qui tenait lieu d'hôtesse, se levait de table, Mr Huttle lui dit : « Pourquoi, mesdames, nous privez-vous si tôt de votre compagnie ? Pourquoi ne pas rester avec nous pendant que nous fumons nos cigares ? »

L'effet fut électrique. Les dames (y compris Carrie), qui n'avaient pas la moindre envie d'être privées de la fascinante compagnie de Mr Huttle, reprirent immédiatement leur place au milieu des rires et des plaisanteries. Mr Huttle dit : « Eh bien, voici qui est de bon augure. Maintenant, on ne vous accusera plus d'être orthodoxes. » Mrs Purdick, qui n'a pas sa langue dans sa poche, répondit : « Monsieur Huttle, nous allons couper la poire en deux. Nous vous quitterons quand vous aurez fumé la moitié de votre cigare. C'est ce que j'appelle le juste milieu. »

Je n'oublierai jamais l'effet que ces mots « juste milieu » eurent sur notre homme. Sa réplique fusa comme l'éclair. Voici à peu près ce qu'il dit : « Le juste milieu est synonyme d'heureuse, de misérable médiocrité. Voyagez en première ou en troisième classe, mais jamais en deuxième. Épousez une duchesse ou sa femme de chambre. Le juste milieu est synonyme de respectabilité, et la respectabilité est synonyme d'insipidité. N'est-ce pas, monsieur Pooter ? »

J'étais si abasourdi de m'entendre ainsi interpellé que je ne pus rien faire d'autre que de m'excuser en baissant la tête et en disant que je craignais de ne pas être assez compétent pour émettre une opinion. Carrie s'apprêtait à dire quelque chose, mais elle fut interrompue, ce dont je me félicite, car elle n'a pas le don d'argumenter et il faut être très fort pour discuter avec un homme comme Mr Huttle.

Il poursuivit avec une éloquence stupéfiante qui rendait ses opinions peu conventionnelles absolument convaincantes. « Le juste milieu n'est rien de plus qu'une vulgaire demi-mesure. Un amateur de champagne qui craint de boire une bouteille entière et choisit une demi-bouteille ne construira jamais le pont de Brooklyn ni la tour Eiffel. Ce sera l'homme des demi-mesures et du juste milieu. Jamais il n'entreprendra rien de grand. Il passera le reste de ses jours dans un pavillon de banlieue orné d'un porche à colonnes de stuc ressemblant à un lit à baldaquin. »

Nous éclatâmes tous de rire.

« Ce genre de choses, continua Mr Huttle, convient à un homme douillet, affublé d'une douillette barbiche, qui dort avec un bonnet de nuit et porte une cravate à agrafe. »

Cette description me semblait quelque peu personnelle et à deux reprises je me surpris en train de me regarder dans le miroir au-dessus du chiffonnier, car je portais effectivement une cravate à suspensoir – et pourquoi pas ? Si ces remarques n'étaient pas personnelles, du moins étaient-elles inconsidérées, comme le furent d'ailleurs certaines de ses observations suivantes, qui durent mettre Mr Franching et ses hôtes assez mal à l'aise. Je ne pense toutefois pas que Mr Huttle cherchait à être offensant, car il ajouta : « Il n'existe pas de gens de cette classe dans cc pays comme en Amérique, car je dois dire que je ne les aime pas beaucoup. »

Franching suggéra à plusieurs reprises de faire circuler le vin autour de la table, mais Mr Huttle continua sur sa lancée, comme s'il donnait une conférence :

« Ce qui nous manque en Amérique, voyez-vous, ce sont des foyers comme les vôtres. Nous vivons sur des roues. Votre vie simple et tranquille est charmante. Pas de prétention, pas d'esbroufe ! Vous ne faites aucune différence entre un repas pris en famille et un repas d'invitation. Vous avez votre propre personnel pour faire le service sans avoir à engager des extras tout juste bons à vous souffler dans le cou. » Je vis Franching tiquer en entendant ces mots. « Un petit dîner tout simple, à la bonne franquette, avec deux ou trois plats gentiment préparés comme ce soir. Vous n'insultez pas vos invités en allant acheter du champagne chez l'épicier à six shillings la bouteille. »

Je ne pus m'empêcher de penser au « Jackson Frères » à trois shillings et six pence !

« En fait, poursuivit Mr Huttle, un homme qui fait ça ne vaut guère mieux qu'un assassin. Le petit rentier qui passe ses soirées à jouer aux dominos avec sa femme, j'ai entendu parler de ces gens. Dieu merci, nous n'avons que faire d'eux parmi nous. Vous avez bien choisi vos hôtes, monsieur Franching. Il n'y a pas non plus de place chez vous pour de vieilles femmes sourdes incapables de suivre une conversation intellectuelle. »

Tous nos regards se tournèrent vers Mrs Field qui, étant heureusement sourde, ne put entendre ces paroles et se contenta d'un sourire d'approbation.

« Ni pour ces matrones qui, parce qu'elles prennent des cours de danse une fois par semaine à Bayswater, s'imaginent qu'elles fréquentent le grand monde. Le grand monde ne les connaît pas. D'ailleurs, que pourrait-il bien en faire ? »

Mr Huttle s'interrompit un moment et ces dames en profitèrent pour se lever. Je demandai à Mr Franching la permission de me retirer car je ne voulais pas manquer le dernier train, ce qui du reste faillit bien nous arriver, Carrie ayant égaré le petit bonnet de laine qu'elle porte toujours quand nous sortons.

Il était très tard quand nous sommes arrivés à la maison ; mais en entrant au salon, je demandai à Carrie : « Que penses-tu de Mr Hardfur Huttle ? » Elle me répondit simplement : « J'ai cru entendre Lupin ! » La même idée m'était venue dans le train. Et cette comparaison me tint éveillé la moitié de la nuit. Mr Huttle est bien sûr beaucoup plus âgé et beaucoup plus influent que Lupin ; mais il lui ressemble, c'est indéniable ; et j'ai songé combien Lupin pourrait être *dangereux* s'il se trouvait un jour dans la même position que Mr Huttle. J'éprouve néanmoins une certaine fierté à l'idée de cette ressemblance. Lupin, comme Mr Huttle, a parfois des idées originales et merveilleuses ; mais ce sont justement ces idées qui sont dangereuses. Elles font la fortune d'un homme ou bien le mènent à la ruine. C'est l'un ou l'autre, tout ou rien. Je pense pour ma part que les gens les plus heureux sont ceux qui mènent une vie simple et sans artifice. Je crois que je suis heureux parce que je ne suis pas ambitieux. Depuis qu'il travaille avec Mr Perkupp, Lupin me paraît plus équilibré. Il a l'air de vouloir se ranger et de suivre les traces de son père. C'est un réconfort.

CHAPITRE XXI

Lupin est renvoyé. Nous avons de graves ennuis. Lupin trouve un emploi ailleurs, beaucoup mieux rémunéré.

13 mai – Il est arrivé un grand malheur. Lupin est renvoyé de la firme de Mr Perkupp et j'ignore comment je trouve la force d'écrire ce journal. J'étais absent du bureau samedi dernier – ma première absence pour cause de maladie depuis vingt ans. J'ai dû être empoisonné par une langouste. Pour comble de malchance, Mr Perkupp était également absent. Or, c'est justement ce jour que choisit Mr Crowbillon, notre meilleur client, pour entrer dans nos bureaux en colère et nous retirer sa clientèle. Et Lupin a eu non seulement le toupet de le recevoir, mais en plus il lui a recommandé la firme Gylterson, Sons & Co. Limited. À mon humble avis, et bien qu'il s'agisse de mon propre fils, j'estime qu'il s'agit là d'un acte de trahison.

Ce matin j'ai reçu une lettre de Mr Perkupp, m'informant que les services de Lupin ne sont plus désirés et me convoquant pour un entretien à onze heures. Je me suis rendu au bureau, le cœur battant, redoutant cet entretien avec Mr Perkupp, avec lequel je n'ai jamais eu un mot. Je n'ai pas vu Lupin de toute la matinée. Il n'était pas encore levé quand je suis parti, et Carrie m'a assuré qu'il valait mieux le laisser dormir. J'avais l'esprit tellement préoccupé au bureau que j'étais incapable de faire correctement mon travail.

Comme je m'y attendais, j'ai été convoqué par Mr Perkupp et voici à peu près la conversation, telle que je me la rappelle.

Mr Perkupp m'a dit : « Bonjour, monsieur Pooter. Il s'agit d'une affaire très sérieuse. Je ne parle pas tant du renvoi de votre fils, car je savais que tôt ou tard nous finirions par nous en séparer. *Je* suis le directeur de cette vieille firme influente et prestigieuse, et lorsque *j'*estimerai que le moment sera venu de révolutionner mes méthodes de travail, *je* n'aurai besoin des conseils de personne pour m'y inciter. »

Je voyais bien que mon bon maître était blessé dans son amour-propre, aussi lui dis-je : « J'espère, monsieur, que vous n'imaginez pas que j'approuve en quelque manière que ce soit la conduite inqualifiable de mon fils ? » Mr Perkupp se leva de son siège et me dit en me prenant la main : « Monsieur Pooter, je me soupçonnerais moi-même plutôt que de vous soupçonner, vous. » J'étais si ému par ce qu'il venait de me dire que je m'assis, en le laissant debout. Bien sûr, je me relevai aussitôt, mais Mr Perkupp me pria de me rasseoir, ce que je fis avec plaisir. « Vous comprendrez, monsieur Pooter, que le prestige de notre maison nous interdit de nous plier aux caprices de qui que ce soit. Si Mr Crowbillon décide de remettre ses affaires en d'autres mains – des mains moins expérimentées que les nôtres, oserais-je dire –, il ne nous appartient pas de mendier sa clientèle. » « Vous ne le ferez certainement pas, monsieur ! » m'exclamai-je avec indignation. « Exactement, répondit Mr Perkupp, je ne le ferai pas. Mais il m'est venu une idée, monsieur Pooter. Mr Crowbillon est notre meilleur client et je vous avouerai – car je sais bien que ceci restera entre nous – que nous ne pouvons guère nous permettre de le perdre, surtout en ces temps particulièrement difficiles. J'ai donc pensé que vous pouviez nous rendre un service. »

« Monsieur Perkupp, répondis-je, je suis à votre service jour et nuit. »

« Je n'en doute pas. Voici donc ce que j'aimerais que vous fissiez. Vous pourriez écrire personnellement à Mr Crowbillon – vous ne devez bien sûr pas lui donner à penser que je suis au courant de votre démarche – et lui expliquer que votre fils n'a été embauché dans notre firme, malgré son manque d'expérience, qu'en raison de l'estime que nous avons pour vous, monsieur Pooter. Ce qui est la pure vérité. Je ne vous demande pas de parler en termes trop sévères de la conduite de votre fils, mais j'ajouterai que s'il avait été le mien, j'aurais condamné son intervention sans la moindre équivoque. Je vous laisse le choix des termes. Et je pense que Mr Crowbillon, au vu de ce qu'il lira, réalisera la portée de la démarche qu'il a entreprise et en comprendra toute l'inanité, et qu'ainsi notre firme ne souffrira ni dans sa dignité ni dans ses finances. »

« Quel noble gentleman que Mr Perkupp ! » ne pouvais-je m'empêcher de penser. Ses manières et sa façon semblent vous inspirer un respect quasi religieux.

Je lui dis : « Aimeriez-vous voir la lettre avant que je ne l'envoie ? »

Il me répondit : « Oh non ! Il vaudrait mieux pas. Je suis censé l'ignorer et, par ailleurs, j'ai toute confiance en vous. Vous devez écrire la lettre très soigneusement. Nous ne sommes pas très occupés en ce moment. Vous feriez mieux d'y consacrer la matinée de demain, ou même toute la journée, si vous le désirez. Je serai moi-même au bureau toute la journée de demain et même toute la semaine, au cas où Mr Crowbillon viendrait. »

Je suis rentré à la maison de meilleure humeur que je n'en étais parti, mais je laissai un mot à Sarah disant que je n'y étais pour personne ce soir, au cas où Gowing ou Cummings passeraient dans la soirée. Lupin est entré un moment au salon avec un nouveau chapeau. Il voulait savoir ce que j'en pensais. Je lui ai dit que je n'avais pas la tête aux chapeaux (cette plaisanterie n'était pas intentionnelle), et que je ne le savais pas en état de faire des dépenses. Lupin me répondit d'un air désinvolte : « Je ne l'ai pas acheté, c'est un cadeau. »

Je me méfie maintenant tellement de Lupin que je n'ose plus l'interroger, de peur d'apprendre quelque chose qui me déplaise. Il m'a toutefois épargné cette peine. « J'ai rencontré un ami, m'a-t-il dit, un vieil ami, qu'à l'époque je n'aurais même pas appelé ami. C'est un joyeux drille, aux antipodes de ce vieil âne bâté de Perkupp. »

« Je t'en prie, Lupin ! N'ajoute pas l'insulte à l'injure. » « Qu'entendez-vous par injure ? Je répète que je n'ai injurié ni fait de tort à personne. Crowbillon en a tout bonnement assez de traiter avec des encroûtés et il a retiré sa clientèle de lui-même. Je lui ai simplement recommandé le nom d'une autre firme. Les affaires sont les affaires ! »

« Je ne comprends pas ta façon de parler et à mon âge je n'ai aucun désir de l'apprendre. Aussi, Lupin, mon garçon, changeons de sujet de conversation, je te prie. Je veux bien toutefois, pour te faire plaisir, essayer de m'intéresser à l'histoire de ton nouvel ami. »

« Oh, il n'y a pas grand-chose à dire, si ce n'est que je ne l'ai pas revu depuis son mariage et qu'il m'a dit qu'il était très heureux de me voir, et qu'il espérait que nous serions amis. Je lui ai payé un verre pour cimenter notre amitié et il m'a offert ce chapeau – un des siens. »

« Mais tu ne m'as toujours pas dit le nom de ton vieil ami ? »

« Ah non ? Eh bien, il s'agit de *Murray Posh.* »

14 mai – Lupin est descendu en retard et, me voyant à la maison toute la matinée, il m'en a demandé la raison. Carrie et moi ayant pensé qu'il valait mieux ne rien lui dire au sujet de la lettre que j'étais en train d'écrire, j'ai éludé la question.

Lupin est sorti, disant qu'il allait déjeuner avec Murray Posh dans la City. Je lui dis que j'espérais que Mr Posh lui trouverait un emploi. Lupin s'est exclamé en riant : « Je veux bien *porter* ses chapeaux à prix unique, mais je n'ai aucune envie de les *vendre* ! » Pauvre garçon, je crains bien qu'on ne puisse jamais rien en faire.

Il m'a fallu presque toute la journée pour écrire à Mr Crowbillon. Une ou deux fois j'ai demandé conseil à Carrie ; mais je dois dire à regret qu'aucune de ses suggestions ne m'a paru sensée et qu'il y en a même eu une ou deux qui étaient franchement stupides. Bien sûr, je ne le lui ai pas dit. Sitôt la lettre terminée, je l'ai apportée au bureau pour la montrer à Mr Perkupp, mais il m'a répété qu'il me faisait entièrement confiance.

Gowing est passé dans la soirée et j'ai dû lui dire au sujet de Lupin et de Mr Perkupp. À ma grande surprise, il était enclin à prendre le parti de Lupin. Carrie y est aussi allée de son grain de sel et m'a presque reproché d'accorder trop d'importance à ce qui après tout n'était qu'un fait divers. Gowing a produit une bouteille de madère qu'on lui avait offerte comme échantillon et qu'il nous a invités à boire pour chasser le bourdon. Nous y serions peut-être arrivés si nous avions eu plus à boire, mais comme Gowing s'est servi trois fois, il ne nous en a pas laissé beaucoup à Carrie et à moi pour chasser le bourdon.

15 mai – Jour de grande anxiété, car j'attendais à tout moment une lettre de Mr Crowbillon. Deux lettres sont arrivées dans la soirée, une pour moi, avec « Crowbillon Hall » imprimé en gros caractères rouges et or au dos de l'enveloppe ; et l'autre pour Lupin, que j'ai été tenté d'ouvrir car il y avait écrit dessus : « Gylterson, Sons & Co. Limited », qui était le nom de la firme recommandée. J'avais la main qui tremblait en ouvrant la lettre de Mr Crowbillon. Je lui avais écrit seize pages d'une écriture très serrée et il m'a répondu à peine seize lignes. Je cite un extrait de sa lettre : « Monsieur, je suis en désaccord total avec vous. Votre fils, au cours d'une conversation de cinq minutes, a déployé plus d'intelligence que votre firme durant les cinq dernières années. Fidèlement vôtre, Gilbert E. Gillam O. Crowbillon. »

Que dois-je faire ? Voici une lettre que je n'ose pas montrer à Mr Perkupp et que pour rien au monde je ne montrerais à Lupin. Celui-ci est arrivé, a ouvert sa lettre et m'a montré un chèque de vingt-cinq livres de Mr Crowbillon pour services rendus. Il va sans dire que la clientèle de Mr Crowbillon est à jamais perdue pour Mr Perkupp. Cummings et Gowing sont passés et ont tous les deux pris le parti de Lupin. Cummings a même été jusqu'à dire que Lupin se ferait un jour un nom. Je suppose que je devais être un peu abattu, car j'ai répondu : « Oui, mais quelle sorte de nom ? »

16 mai – J'ai rapporté à Mr Perkupp en termes voilés le contenu de la lettre de Mr Crowbillon, mais celui-ci m'a dit : « Je vous en prie, n'en parlons plus. L'affaire est entendue. Votre fils recevra le châtiment qu'il mérite le jour fixé par la Providence. » Je suis rentré à la maison en songeant au triste avenir qui l'attendait. Je l'ai trouvé, paradant en habit de soirée et de l'humeur la plus extravagante. Il a jeté une lettre sur la table en me faisant signe de la lire.

À ma stupéfaction, j'ai lu que Gylterson & Sons avait engagé Lupin pour un salaire de deux cents livres par an, plus quelques autres avantages. J'ai relu la lettre trois fois en pensant qu'elle m'était destinée. Mais non, il s'agissait bien de Lupin Pooter. Je restai silencieux. « Suivez mon conseil, me dit Lupin. Lâchez Perkupp et venez chez Gylterson. C'est la firme de l'avenir ! Pour tous ceux qui désirent aller de l'avant. À propos, il faut que je me sauve, car je dîne ce soir avec les Murray Posh. »

Sur quoi il donna un grand coup de canne dans son chapeau, s'écria : « Whoopee ! », sauta par-dessus une chaise, m'ébouriffa les cheveux et sortit en courant de la pièce, sans me laisser la possibilité de lui rappeler son âge et le respect dû à son père. Gowing et Cummings sont passés dans la soirée et m'ont félicité au sujet de Lupin.

Gowing a dit : « J'ai toujours su qu'il réussirait, et croyez-moi, il en a plus dans le ciboulot que nous trois réunis. »

Carrie ajouta : « Ce sera un second Hardfur Huttle. »

CHAPITRE XXII

Maître Percy Edgar Smith James. Mrs James (de Sutton) nous rend à nouveau visite et nous fait participer à des séances de spiritisme.

Dimanche 26 mai – Nous sommes allés à Sutton prendre le thé, chez Mr et Mrs James. Je n'avais pas faim, ayant bien déjeuné à deux heures, mais la soirée tout entière a été gâchée par le petit Percy – leur fils unique – qui m'a tout l'air d'être un enfant gâté.

Il s'est approché de moi à deux ou trois reprises et m'a décoché un coup de pied dans le tibia. Une fois même, il m'a fait si mal que j'en avais les larmes aux yeux. Je l'ai gentiment repris, mais Mrs James m'a dit : « S'il vous plaît, ne le grondez pas. Trop de sévérité dans l'éducation gâte le caractère des enfants. »

Le petit Percy se mit alors à hurler de toutes ses forces et comme Carrie tentait de la calmer, il la gifla.

J'étais si en colère que je dis à Mrs James : « J'ai d'autres idées que vous, chère madame, en matière d'éducation. » « Chacun ses idées, répliqua Mrs James, mais votre fils Lupin n'est pas un modèle de perfection, que je sache. »

Un certain Mr Mezzini (un Italien, je suppose) prit Percy sur ses genoux. L'enfant se tortilla si bien qu'il échappa à l'étreinte de Mr Mezzini en s'écriant : « Je ne vous aime pas, vous avez la figure toute sale ! »

Maître Percy Edgar Smith James.

Un très gentil monsieur, Mr Birks Spooner, prit alors l'enfant par le poignet et lui dit : « Allons, viens ici, mon petit, je vais te faire entendre quelque chose. »

Il détacha son chronomètre de sa chaîne et fit sonner six heures à sa montre.

À notre consternation, l'enfant lui chipa la montre des mains et la jeta par terre comme il eût fait d'une balle.

Mr Birks Spooner fit semblant de rien. Il dit qu'il pourrait facilement faire mettre un nouveau verre et qu'il ne pensait pas que le mouvement était abîmé.

Pour montrer à quel point les opinions peuvent diverger d'une personne à l'autre, Carrie a trouvé que l'enfant avait certes mauvais caractère mais qu'il rachetait ce défaut par sa beauté, car à son avis, c'était incontestablement un enfant d'une grande beauté.

Je puis me tromper, mais je ne pense pas avoir jamais vu d'enfant plus laid. C'est du moins *mon* opinion.

30 mai – Je ne sais pourquoi, mais j'appréhende toujours les visites de Mrs James, de Sutton. Elle vient de nouveau passer quelques jours. J'ai dit à Carrie ce matin en partant : « J'aimerais, chère Carrie, pouvoir aimer davantage Mrs James. »

« Je le souhaiterais également, mon chéri, me répondit-elle ; mais comme pendant des années j'ai dû supporter Mr Gowing, qui est la vulgarité même, et Mr Cummings, qui est bien gentil, mais bien ennuyeux aussi, je suis sûre, mon chéri, que tu ne m'en voudras pas de recevoir de temps en temps la visite de Mrs James qui a plus d'esprit dans son petit doigt que tes deux amis dans leur corps tout entier. »

J'étais tellement abasourdi par cette sortie contre mes deux chers vieux amis que je suis resté coi, et, entendant le bus arriver, je me suis sauvé en donnant un baiser rapide à Carrie, un peu trop rapide peut-être, car ma lèvre supérieure est entrée en contact avec ses dents, et s'est légèrement fendue. J'ai eu mal pendant une bonne heure. En rentrant à la maison, le soir, j'ai trouvé Carrie plongée dans un livre sur le spiritisme, intitulé *Il n'y a pas de naissance*, écrit par une certaine Florence Singleyet. J'ai à peine besoin de préciser que ce livre lui a été envoyé par Mrs James, de Sutton. Comme elle n'avait rien à dire en dehors de son livre, j'ai passé le reste de la soirée à changer le tapis de l'escalier qui commençait à montrer des signes d'usure sur les bords.

Mrs James est arrivée sur ces entrefaites et comme d'habitude elle a pris en main la direction des opérations. Voyant qu'elle et Carrie se préparaient à faire tourner les tables, j'ai jugé qu'il était temps d'y mettre le holà. J'ai toujours eu le plus grand mépris pour ce genre de sottises et j'y ai mis fin une fois il y a des années lorsque Carrie avait organisé dans notre ancienne maison des séances de spiritisme avec cette pauvre Mrs Fussters (décédée depuis). Si encore je pouvais en percevoir la moindre utilité, cela me serait bien égal.

« Je suis désolé, madame James, lui ai-je dit, mais je désapprouve entièrement ce genre de passe-temps, outre le fait que je reçois ce soir mes vieux amis. »

« Vous voulez dire que vous n'avez pas lu *Il n'y a pas de naissance* ? » me dit-elle.

« Non, lui répondis-je. Et je n'en ai aucunement l'intention. »

« Tout le monde ne parle que de ce livre. Le monde en est fou. »

« Laissons le monde à sa folie. Il restera au moins un homme sain d'esprit sur la terre. »

Mrs James m'accusa d'être injuste et buté, ajoutant que si tout le monde était aussi borné que moi, on n'aurait jamais inventé le télégraphe ni le téléphone.

Je lui répondis que c'était différent.

« En quoi, je vous prie ? »

« Oh, en bien des façons. »

« Citez-m'en une, au moins. »

« Je vous demande pardon, madame James, mais je refuse de poursuivre cette discussion. Je la trouve totalement dépourvue d'intérêt. »

À ce moment, Sarah ouvrit la porte et introduisit Cummings, ce dont je ne fus pas fâché, pensant que son arrivée mettrait un terme à toutes ces sornettes. Grande fut mon erreur, car le sujet ayant été de nouveau mentionné, Cummings avoua être très intéressé par le spiritisme, tout en n'y croyant guère, comme il eut du moins l'honnêteté de le reconnaître. Toutefois, il ne demandait qu'à être convaincu.

Je les laissai tous les trois au salon assis autour d'un guéridon qu'ils avaient pris dans l'entrée et m'apprêtais à sortir faire une petite promenade, lorsque la porte s'ouvrit à nouveau pour laisser entrer Gowing.

En apprenant ce qui se passait, celui-ci m'invita à rejoindre le cercle et se proposa de faire le médium. Il ajouta qu'il *savait* deux ou trois choses au sujet de ce vieux Cummings et qu'il en *inventerait* quelques-unes concernant Mrs James. Connaissant le don d'invention de Gowing, je refusai de le laisser prendre part à cette mascarade. Sarah m'ayant demandé si elle pouvait sortir une demi-heure, je lui donnai la permission, pensant qu'il serait plus confortable de s'asseoir à la cuisine avec Gowing qu'au salon, qui n'était pas chauffé. Nous parlâmes un bon moment de Lupin, de Mr et Mrs Murray Posh chez lesquels il passait comme toujours la soirée. Gowing me dit : « Dites donc, ça ne serait pas une mauvaise chose pour Lupin, si ce vieux Posh passait l'arme à gauche. »

Mon sang se glaça d'horreur et je réprimandai très sévèrement Gowing pour s'être permis de plaisanter sur un tel sujet. Je restai éveillé la moitié de la nuit à penser à ce qu'il m'avait dit et l'autre moitié à faire des cauchemars sur le même sujet.

31 mai – J'ai écrit à la blanchisseuse une lettre assez bien sentie dont je ne suis pas mécontent, car je la trouve très satirique. Je lui ai écrit : « Puisque vous avez rendu les mouchoirs sans la couleur, la prochaine fois arrangez-vous pour nous rendre soit la couleur, soit la contre-valeur des mouchoirs. » Je suis assez curieux de voir ce qu'elle répondra.

Nouvelle séance de spiritisme dans la soirée. Carrie a estimé que celle d'hier au soir avait donné des résultats prometteurs et qu'on devrait remettre ça. Cummings est arrivé et a semblé intéressé. J'ai fait allumer dans le salon, ai sorti l'escabeau et me suis mis à réparer la corniche, dont la vue offensait mes regards depuis quelque temps. Dans un moment d'étourderie – si je puis utiliser cette expression –, j'ai frappé deux grands coups de marteau sur le plancher situé au-dessus du salon où avait lieu la séance. Je l'ai regretté aussitôt, car c'est exactement le genre d'imbécillité que Gowing ou Lupin auraient pu commettre.

Toutefois, personne ne parut le remarquer, sauf que Carrie m'a dit ensuite que la table lui avait envoyé un message d'une clarté lumineuse concernant une personne que nous avions bien connue il y a des années et que personne d'autre ne connaissait.

Avant d'aller nous coucher, Carrie m'a demandé comme une faveur de bien vouloir me joindre à eux demain soir. Elle trouve mon attitude insociable et désobligeante pour nos invités. J'ai accepté pour lui faire plaisir.

1er juin – Ce soir, je me suis assis à table à contrecœur, mais je dois admettre qu'il s'est produit un certain nombre de choses assez curieuses. Je prétends que ce sont des coïncidences, mais qui n'en sont pas moins troublantes pour autant. Par exemple, la table n'a cessé de pencher vers moi, ce que Carrie a interprété comme un désir que j'interroge moi-même l'esprit en question. Je me suis donc conformé aux règles et j'ai demandé à cet esprit (qui disait s'appeler Lina) de me dire le nom d'une vieille tante à laquelle j'étais en train de penser et que nous appelions tante Maggie. La table épela CAT. Cela ne me disait pas grand-chose, quand tout à coup je me suis rappelé que son second prénom était Catherine. Je doute que Carrie ait connu ce prénom, mais même si elle l'avait connu, je l'estime incapable de tricher. J'avoue que c'était assez surprenant. Plusieurs autres phénomènes troublants se sont produits et j'ai consenti à assister à une nouvelle séance lundi.

3 juin – La blanchisseuse s'est excusée pour les mouchoirs et nous a rendu neuf pence. Comme la couleur était complètement délavée et que les mouchoirs étaient très endommagés, j'ai estimé que neuf pence n'étaient pas suffisants. Carrie m'a rappelé que les deux mouchoirs n'avaient coûté originairement que six pence, car elle se souvenait de les avoir achetés en solde au *Bon Marché* de Holloway. J'ai donc insisté pour qu'on rende trois pence à la blanchisseuse. Lupin est allé passer quelques jours chez les Posh. J'avoue que je ne vois pas d'un très bon œil cette fréquentation. Carrie trouve que je suis ridicule et que Mr Posh apprécie beaucoup Lupin, qui, après tout, n'est encore qu'un gamin.

Dans la soirée, nous eûmes une autre séance qui, sous certains aspects, a été très remarquable, bien que la première partie m'eût semblé un peu douteuse. Gowing et Cummings sont passés et ont insisté pour être admis à se joindre au cercle. J'allais objecter, mais

Mrs James, qui a l'air d'être un bon médium (si tant est qu'il y ait autre chose là-dedans que de la fumisterie), a jugé qu'il y aurait peut-être un peu plus de force médiumnique si Gowing était présent ; nous nous sommes donc assis tous les cinq.

Dès que j'eus éteint la lumière et presque avant même que j'eusse posé les mains sur la table, celle-ci se mit à chavirer violemment. Gowing s'écria : « Du calme, mon garçon, du calme ! » Je dis à Gowing que s'il était incapable de bien se tenir, je rallumerais la lumière et mettrais fin à la séance. Pour dire la vérité, j'ai cru que Gowing l'avait fait exprès, mais Mrs James m'assura qu'elle avait souvent vu la table se soulever du sol. L'esprit (Lina) se manifesta à nouveau et épela WARN[1] à trois ou quatre reprises, en refusant de s'expliquer davantage. Mrs James dit que « Lina » était parfois têtue. Elle ajouta qu'elle se conduisait souvent ainsi et que le mieux était de la renvoyer.

Elle donna ensuite un petit coup sec sur la table en disant : « Lina, va-t'en ! Tu es désagréable. Va-t'en ! » Nous sommes bien restés assis près de trois quarts d'heure sans qu'il se produise quoi que ce soit. J'avais les mains toutes froides et suggérai que nous arrêtions la séance. Mais les autres ne voulaient rien entendre. Dix minutes plus tard, la table se mit à pencher vers moi. Je récitai l'alphabet et l'esprit épela SPOOF[2]. Comme j'avais déjà entendu Gowing et Cummings utiliser ce mot et que j'entendais maintenant Gowing rire sous cape, je l'accusai directement d'avoir fait basculer la table. Il le nia, mais je ne le crus pas.

« Il a peut-être voulu dire *spook*, un fantôme », dit-il.

1. *To warn* : prévenir.
2. *Spoof* : attrape-nigaud, mystification.

« Vous savez parfaitement qu'il n'a rien voulu dire de tel », répondis-je.

« Oh, très bien, si vous le prenez comme ça, je m'en vais », et il se leva de table.

Nul ne prit garde à cette stupide plaisanterie et Mrs James suggéra à Gowing de quitter la partie un moment. Il accepta et s'assit dans le fauteuil.

La table se remit à bouger et nous aurions pu avoir une merveilleuse séance sans les stupides interruptions de Gowing. En réponse à l'alphabet de Carrie, la table épela NIPUL, puis à nouveau WARN à trois reprises. Nous n'avions aucune idée de ce que ça voulait dire, jusqu'à ce que Cummings s'avisât que NIPUL, c'était Lupin à l'envers. Carrie était tout excitée et dit qu'elle espérait qu'il ne se passerait rien de trop horrible.

Mrs James demanda si « Lina » était bien l'esprit. La table répondit fermement : « Non », mais l'esprit refusa de dire son nom. Nous reçûmes alors le message : « NIPUL deviendra très riche. »

Carrie dit qu'elle se sentait soulagée, mais le mot WARN fut à nouveau épelé. La table se mit alors à osciller violemment, et en réponse à Mrs James, qui s'adressa très doucement à la table, l'esprit se mit à épeler son nom. Il épela d'abord DRINK[1].

« Ah çà, c'est plus notre rayon », interrompit Gowing.

Je le priai de se taire, car le nom n'était peut-être pas complet.

La table épela alors WATER[2].

Gowing s'écria : « Ah, cette fois, ce n'est plus du tout mon rayon ! À l'extérieur, si vous voulez, mais pas à l'intérieur. »

1. *Drink* : boisson.
2. *Water* : eau.

Carrie le supplia de se tenir tranquille.

La table épela ensuite CAPTAIN et Mrs James nous fit sursauter en s'écriant : « Le capitaine Drinkwater était un très vieil ami de mon père qui est mort il y a quelques années ! »

Cela devenait plus intéressant et je me dis qu'après tout il y avait peut-être quelque chose dans le spiritisme.

Mrs James demanda à l'esprit d'interpréter le sens du mot WARN par rapport à NIPUL. On donna à nouveau l'alphabet et nous obtînmes le mot BOSH[1].

« C'est plus probable », marmonna Gowing.

Mrs James repartit qu'elle était d'un avis différent, car le capitaine Drinkwater était un parfait gentleman, et qu'il n'aurait jamais utilisé un tel mot en réponse à la question d'une dame. On redonna donc l'alphabet.

Cette fois la table épela distinctement POSH. Nous pensâmes tous à Mrs Murray Posh et à Lupin. Carrie commençait à se sentir un peu déprimée et, comme il se faisait tard, nous rompîmes le cercle.

Nous convînmes d'avoir une autre séance demain, car ce sera la dernière soirée à Londres de Mrs James. Nous résolûmes également d'en exclure Gowing.

Avant de partir, Cummings dit que c'était certainement très intéressant, mais qu'il aurait bien aimé que les esprits disent quelque chose à son sujet.

4 juin – N'ai cessé de penser toute la journée au bureau à la séance de ce soir.

Au moment même où nous prenions place autour de la table, ne voilà-t-il pas que Gowing entre sans

1. *Bosh* : balivernes.

frapper. « Je ne fais que passer, dit-il, mais j'ai apporté avec moi une enveloppe cachetée que je sais que je peux confier à Mrs Pooter. Cette enveloppe cachetée renferme un bout de papier sur lequel j'ai écrit une question toute simple. Si les esprits peuvent y répondre, je croirai au spiritisme. »

Je laissai entendre que ce n'était peut-être pas possible.

« Oh non ! s'exclama Mrs James, ne croyez pas ça. Il arrive souvent aux esprits de répondre à des questions dans des conditions analogues, et même d'écrire sur des ardoises enfermées dans des coffrets. Cela vaut la peine d'essayer. Si "Lina" est bien disposée, elle vous répondra certainement. »

Gowing dit : « Très bien, dans ce cas, je me convertirai. Je passerai peut-être vers neuf heures et demie, dix heures, pour connaître le résultat. »

Il partit ensuite et nous restâmes assis un long moment. Cummings désirait savoir quelque chose à propos d'une entreprise dans laquelle il s'était engagé, mais il ne put obtenir aucune réponse satisfaisante, ce qui le désappointa très fort et le fit rabattre de son engouement pour le spiritisme. Je trouvai une telle attitude assez égoïste. La séance fut très semblable à celle de la veille, presque identique, en fait. « Lina » mit très longtemps à répondre à la question, mais finalement épela ROSES, LYS ET VACHES. La table subit alors une forte secousse et Mrs James déclara : « Si c'est le capitaine Drinkwater, demandons-lui la réponse. »

C'était en effet l'esprit du capitaine et, chose curieuse, il fournit la même réponse : ROSES, LYS ET VACHES.

Je ne saurais dépeindre la fébrilité avec laquelle Carrie décacheta la lettre, ni la déception que nous ressentîmes tous en lisant la question, laquelle cadrait si peu avec la réponse. La question était : « Quel est l'âge de ce vieux Pooter ? »

Cette fois, c'en était trop.

Je décidai, comme autrefois, de mettre à nouveau un terme à ce genre de « divertissement ».

Je suis assez bonne pâte dans l'ensemble, mais quand on me pousse dans mes derniers retranchements, je sais me montrer ferme.

Je dis lentement en rallumant la lumière : « C'est la dernière séance de ce genre qui aura lieu sous mon toit. Je regrette d'avoir prêté la main à de pareilles niaiseries. S'il y a un fond de vérité là-dedans – ce dont je doute fort –, je n'en vois pas en tout cas l'intérêt. Je ne prêterai plus jamais mon toit à ce genre d'expérience. Cette fois m'a suffi. »

Mrs James dit : « Je trouve, monsieur Pooter, que vous tirez des conclusions hâtives de… »

« Je vous en prie, madame, taisez-vous. Je suis maître chez moi, veuillez au moins comprendre cela. »

Mrs James fit alors une observation sur le sens de laquelle je préfère m'être mépris. J'étais dans une telle colère que je ne suis pas certain d'avoir très bien saisi ce qu'elle a dit. Mais si elle a bien dit ce qu'il m'a semblé comprendre, je jure qu'elle ne remettra plus jamais les pieds dans cette maison.

CHAPITRE XXIII

Lupin nous quitte. Nous dînons dans son nouvel appartement, où nous apprenons des détails extraordinaires concernant la fortune de Mr Murray Posh. Nous faisons la connaissance de Miss Lilian Posh. Mr Hardfur Huttle me fait demander. Il s'agit d'une chose importante.

1er juillet – Je m'aperçois en relisant mon journal qu'il ne s'est rien passé d'important au cours du dernier mois. Aujourd'hui, Lupin nous a quittés. Il prend un appartement meublé dans Bayswater, près de l'endroit où habitent ses amis, Mr et Mrs Murray Posh, avec un loyer de deux guinées par semaine. Je trouve cela extravagant, car c'est la moitié de son salaire. Lupin prétend qu'une bonne adresse fait toujours bonne impression sur une carte de visite, et que, pour employer son expression, Brickfield Terrace fait un peu « ringard ». Ce qu'il entend par ce mot, je l'ignore. Il y a longtemps d'ailleurs que j'ai renoncé à comprendre ses étranges expressions. Je lui fis remarquer que ce quartier avait toujours été assez bon pour ses parents. Il me répondit : « Ce n'est pas une question de bon ou de mauvais. Il n'y a pas d'argent à gagner ici et je n'ai pas l'intention de moisir le restant de mes jours en banlieue. »

Nous sommes évidemment navrés de le perdre, mais peut-être qu'il se débrouillera mieux par lui-même, et il n'a peut-être pas tout à fait tort quand il dit qu'on ne peut atteler à la même carriole une vieille carne et un fringant coursier.

Gowing est passé. Il trouve la maison agréablement calme, comme autrefois. Il aimait bien Lupin, mais il avait parfois un peu de peine à supporter sa jeunesse et son exubérance.

2 juillet – Cummings est passé ; il nous apprend qu'il a été de nouveau malade et que bien sûr personne n'est venu prendre de ses nouvelles. Carrie lui répond que nous n'en avions rien su, sur quoi il jeta sur la table un numéro de la *Gazette vélocipédiste*, dans lequel nous lûmes le paragraphe suivant : « Nous avons le regret d'apprendre que notre très estimé camarade bicycliste, Mr Cummings, "Long" Cummings pour les intimes, a fait une chute qui aurait pu s'avérer très sérieuse en descendant Rye Lane. Un gamin espiègle ayant jeté un bâton en travers des rayons d'une des deux roues arrière, la machine s'est renversée, occasionnant la chute de notre frère bicycliste. Heureusement, il y eut plus de peur que de mal, comme on dit, mais nous avons toutefois déploré son absence au banquet qui eut lieu à Chingford et où nos membres étaient venus en grand nombre. »

Nous avons tous compati à ses misères et nous l'avons prié de rester dîner avec nous. Cummings dit que ça lui rappelait le bon vieux temps, quand nous n'avions pas Lupin avec nous, et que c'était bien mieux comme ça.

Dimanche 3 juillet – Cet après-midi, en regardant par la fenêtre ouverte du petit salon, j'aperçus une superbe voiture, conduite par une dame, avec un monsieur assis à côté d'elle, qui s'arrêta devant notre porte. Ne souhaitant pas être vu, je retirai précipitamment ma tête de la fenêtre et me cognai, ce faisant, contre l'un des montants avec une telle violence que j'en demeurai tout étourdi. J'entendis qu'on frappait deux coups à la porte d'entrée ; Carrie sortit du salon en courant et monta dans sa chambre où je la suivis. Elle croyait que c'était Mr Perkupp et moi que c'était Mr Franching. Je chuchotai à Sarah par-dessus la rampe : « Faites-les entrer au salon. » Sarah répondit que les volets étant fermés, la pièce sentirait le renfermé. On frappa à nouveau à la porte. Je murmurai : « Faites-les alors entrer au petit salon, et dites que Mr Pooter sera en bas dans une minute. » Je changeai de veston, mais n'eus pas le temps de me donner un coup de peigne, car Carrie occupait le miroir.

Sarah nous annonça qu'il s'agissait de Mrs Murray Posh et de Mr Lupin.

Je fus grandement soulagé. Je descendis avec Carrie, et Lupin m'accueillit avec cette remarque : « Pourquoi vous êtes-vous retiré aussi rapidement de la fenêtre ? Vous aurions-nous fait peur ? »

Je répondis sottement : « De quelle fenêtre est-ce que tu parles ? »

« Oh, vous savez bien. Vous pouvez aller la fermer maintenant. On vous aurait pris pour Guignol. »

Carrie leur ayant demandé s'ils prendraient quelque chose, Lupin répondit : « Oh, je pense que Daisy prendra une tasse de thé. Quant à moi, ce sera un whisky. »

« J'ai peur que nous n'ayons pas de whisky », lui dis-je.

« Oh, ça n'a pas d'importance, de l'eau plate fera tout aussi bien l'affaire », répondit-il.

Ils ne restèrent pas longtemps et en partant Lupin nous dit : « Je vous invite tous les deux à dîner à la maison mercredi prochain, comme ça vous verrez mon appartement. Mr et Mrs Murray Posh ainsi que Miss Posh (la sœur de Murray) viendront également. Il n'y aura personne d'autre. Huit heures précises. Je compte sur vous. »

Je dis à Lupin que nous préférerions dîner plus tôt, si c'était possible, pour ne pas rentrer trop tard.

« Taratata ! Il faut vivre avec son époque. Et s'il le faut, Daisy et moi pouvons toujours vous raccompagner. »

Nous promîmes d'y aller ; mais je dois avouer, à mon humble avis, que je trouve répréhensible la façon familière que Mrs Posh et Lupin ont de s'adresser la parole. À les entendre parler, on dirait qu'ils ont été à l'école ensemble. Je n'aimerais pas beaucoup que quelqu'un que je ne connais que depuis six mois appelle ma femme « Carrie » et la promène en voiture.

4 juillet – Lupin habite, ma foi, un très bel appartement, mais le dîner m'a paru un peu trop tape-à-l'œil, étant donné que nous avons tout de suite commencé par le champagne. Je trouve aussi que Lupin aurait dû nous avertir que la tenue de soirée était de rigueur. Sachant que nous n'étions que tous les six, nous n'aurions jamais pensé que ce serait aussi solennel. En plus, je n'avais aucun appétit. Il était bien huit heures vingt lorsque nous sommes passés à table. À six heures, par exemple, j'aurais mangé de bon appétit. Me sentant un petit creux à cette heure, je me suis beurré une tartine et c'est sans doute ce qui m'a en partie coupé l'appétit.

Lupin nous a présentés à Miss Posh, qu'il appelle « Lillie Girl » comme s'il la connaissait depuis toujours. Elle est très grande, plutôt quelconque, et un peu trop fardée autour des yeux à mon goût. J'espère que je me trompe, mais elle a les cheveux très blonds et pourtant ses sourcils sont noirs. Elle paraît avoir la trentaine. Je n'ai pas beaucoup aimé non plus sa façon de glousser, sans parler de son rire strident, qui vous perce le tympan, ce qui était d'autant plus irritant qu'il n'y avait

Lillie Girl.

pas de quoi rire. En fait, Carrie et moi la trouvons pour tout dire vulgaire. Après dîner, tout le monde s'est mis à fumer, y compris Miss Posh, laquelle a sidéré Carrie par cette question : « Comment, vous ne fumez pas ? » J'ai répondu à sa place : « Mrs Charles Pooter n'en est pas encore là », sur quoi Miss Posh nous a gratifiés d'un de ces éclats de rire perçant dont elle a le secret.

Mrs Posh a chanté au moins une douzaine de chansons, et je ne puis que répéter ce que j'ai déjà dit – elle ne chante pas juste. Lupin était assis près du piano et ne l'a pas quittée des yeux pendant qu'elle chantait. Si j'avais été Mr Posh, il me semble que je n'aurais pas vu ça d'un bon œil. Mr Posh s'est montré au demeurant très agréable à notre égard, et pour finir, c'est lui qui nous a raccompagnés dans sa voiture, ce que j'ai trouvé extrêmement chic de sa part. C'est manifestement un homme très riche, car Mrs Posh portait de très beaux bijoux. Elle a confié à Carrie que le collier que son mari lui avait offert pour son anniversaire coûtait à lui seul trois cents livres.

Mr Posh nous a dit qu'il avait une grande confiance en Lupin et qu'il pensait qu'il ferait rapidement son chemin dans le monde.

Je ne pus toutefois m'empêcher de penser aux six cents livres perdues par Mr Posh sur les chlorates de Parachikka, sur les recommandations de ce même Lupin.

Au cours de la soirée, j'ai eu l'occasion de m'entretenir avec ce dernier à qui j'ai exprimé l'espoir que Mr Posh ne vivait pas au-dessus de ses moyens.

Lupin m'a répondu en ricanant que Mr Posh valait à lui tout seul des millions. « Le chapeau Posh à prix unique » était connu à Birmingham, Manchester, Liverpool, ainsi que dans toutes les grandes villes d'Angleterre. Lupin m'a même appris que Mr Posh allait ouvrir des succursales à New York, Sydney et Melbourne, et qu'il était en pourparlers avec Kimberley et Johannesburg.

J'ai dit que j'étais ravi de l'apprendre.

Lupin a ajouté : « Il a même constitué un capital de dix mille livres sur Daisy et la même somme sur

“Lillie”. S’il le voulait, il pourrait même racheter la firme du vieux Perkupp en payant cash. »

Durant le trajet de retour, je me suis dit pour la première fois de ma vie que l’argent n’était peut-être pas équitablement réparti entre les hommes.

En arrivant à la maison à onze heures et quart, nous trouvâmes un cocher de fiacre qui attendait depuis deux heures avec une lettre pour moi. Sarah nous expliqua qu’elle n’avait pas su quoi faire, car nous ne lui avions pas donné l’adresse de l’endroit où nous allions. J’ouvris la lettre en tremblant, craignant qu’il ne s’agisse d’une mauvaise nouvelle concernant Mr Perkupp. Le billet était ainsi libellé : « Cher Monsieur Pooter, venez sans tarder au *Victoria Hotel.* C’est important. Bien à vous, Hardfur Huttle. »

Je demandai au cocher s’il n’était pas trop tard. Celui-ci me répondit que non et que, de toute façon, ses instructions étaient de m’attendre au cas où je serais sorti. Je me sentais néanmoins très fatigué et j’aurais bien voulu aller me coucher. Il était minuit moins le quart quand j’arrivai à l’hôtel. Je m’excusai pour mon retard. « Ce n’est rien, me dit Mr Huttle. Venez. Que diriez-vous d’une douzaine d’huîtres ? » Je sens mon cœur battre en écrivant ces mots. Bref, Mr Huttle m’expliqua qu’il avait un ami, un riche Américain, qui désirait faire un gros investissement dans certaines affaires dont traite notre firme et que Mr Franching lui avait mentionné mon nom. Si, par quelque heureux hasard, l’affaire se réalisait, je pourrais largement dédommager mon cher patron de la perte de la clientèle de Mr Crowbillon. Mr Huttle m’avait dit auparavant : « Le 4 juillet est un jour glorieux pour l’Amérique, et comme minuit n’a pas encore sonné, nous allons boire au succès de notre entreprise avec un verre du meilleur vin qu'on puisse obtenir dans cet endroit. »

J'espère ardemment que cela nous portera chance à tous.

Il était plus de deux heures quand je suis rentré. Bien que je fusse très fatigué, je n'ai pas pu dormir, sauf à de brefs intervalles – et alors seulement pour rêver.

Je n'ai pas cessé de rêver de Mr Perkupp et de Mr Huttle. Dans mon rêve, ce dernier habitait un magnifique palais et portait une couronne. Mr Perkupp attendait dans la pièce et Mr Huttle ne cessait d'enlever sa couronne et de me la tendre en m'appelant : « Président ».

Il ne semblait pourtant pas s'apercevoir de la présence de Mr Perkupp, et moi, de mon côté, je n'arrêtais pas de demander à Mr Huttle de donner la couronne à mon valeureux patron. Et Mr Huttle me répondait : « Non, non, nous sommes à la Maison Blanche à Washington, et vous devez conserver votre couronne, monsieur le Président. »

Nous rîmes tous si longtemps et si fort que je me réveillai la gorge en feu. Je me rendormis et recommençai exactement le même rêve.

DERNIER CHAPITRE

L'un des plus beaux jours de ma vie.

10 juillet – L'excitation et l'anxiété dans lesquelles j'ai vécu ces derniers jours ont presque suffi à me donner des cheveux gris. Demain les dés seront jetés. J'ai écrit une longue lettre à Lupin – estimant que c'était mon devoir – concernant son attitude vis-à-vis de Mrs Posh, car ils sont revenus chez nous hier soir.

11 juillet – J'ai les larmes aux yeux tandis que je transcris le compte rendu de l'entretien que j'ai eu ce matin avec Mr Perkupp. S'adressant à moi, il me dit : « Mon fidèle serviteur, je n'oublierai jamais le service éminent que vous avez rendu à notre maison. Je ne saurai jamais assez vous remercier. Mais parlons d'autre chose. Aimez-vous votre maison, et êtes-vous heureux là où vous êtes ? »

Je répondis : « Oui, monsieur. J'aime ma maison et j'aime le voisinage. Je ne pourrais pas supporter de la quitter. »

« Alors soyez content, monsieur Pooter, je vais acheter la propriété foncière de cette maison et en faire cadeau à l'homme le plus digne et le plus honnête qu'il m'ait été donné de rencontrer. »

Sur quoi il me serra la main en disant qu'il espérait que ma femme et moi vivrions encore de longues années pour en profiter. J'étais trop ému pour le remercier convenablement ; voyant mon embarras, ce brave homme me dit : « N'ajoutez rien, monsieur Pooter », et il quitta la pièce.

J'envoyai un télégramme à Carrie (chose que je n'avais encore jamais faite), ainsi qu'à Gowing et à Cummings pour les prier à dîner.

En rentrant à la maison, je trouvai Carrie qui pleurait des larmes de joie, et j'envoyai Sarah acheter chez l'épicier deux bouteilles de « Jackson Frères ».

Mes deux chers amis sont arrivés un peu plus tard et le facteur a apporté une lettre de Lupin en réponse à la mienne. Je la leur ai lue à tous à haute voix. Elle disait : « Cher vieux papa, ne vous faites surtout pas de bile. Vous êtes encore parti sur une fausse piste. Je suis fiancé à Lillie. Je ne vous en ai pas parlé jeudi dernier, car la chose n'était pas encore tout à fait décidée. Nous nous marierons en août, et parmi nos invités nous espérons voir vos vieux amis Gowing et Cummings. Affectueuses pensées à vous tous. Lupin. »

TABLE DES MATIÈRES

MIXTE
Papier issu de
sources responsables
FSC® C003309
FSC
www.fsc.org

10/18, une marque d'Univers Poche,
est un éditeur qui s'engage pour
la préservation de l'environnement
et qui utilise du papier fabriqué à partir
de bois provenant de forêts gérées
de manière responsable.

10/18 – 92 avenue de France, 75013 PARIS